Scripto

Claire Castillon

River

Gallimard

. 1

C'est comme si j'avais tout pris. Le calme, l'intelligence, la délicatesse, la beauté et, bien sûr, l'amour de nos parents. River, rien. Ou juste l'amour de nos parents, mais dans une moindre mesure, si on tient compte de ce que reçoit automatiquement, sans effort donc, l'enfant rêvé. Moi, en l'occurrence. Quand je dis « enfant rêvé », je parle de l'enfant désiré par un couple, celui qui lui chamboule le cœur dès qu'il a l'occasion de le contempler, même dysmorphique, en 3D, sur l'échographie des cinq mois. C'est classique. Devant l'image de son fœtus, aux dires de tous plutôt repoussante, le couple se rassure tant bien que mal, se souvenant que des amis, déjà parents, ont éprouvé les mêmes angoisses à la découverte des traits bouffis et sournois de leur enfant à naître. « Ne vous inquiétez pas quand vous verrez l'image 3D, elle est terrifiante mais illusoire. Aucun bébé n'a jamais ressemblé à une hyène molle le jour de sa naissance. »

Une fois rassurés, nos parents ont préparé l'arrivée de River, certains de l'aimer, définitivement débarrassés de leurs vains questionnements. Après tout, on verrait bien à la naissance. Au pire, si elle était moche, elle nous rappellerait grand-mère Hugues, l'ancêtre adorée à moustache qui a tant d'autres qualités. Maman était de plus en plus enceinte et, chaque fois qu'on posait la main sur son ventre, River signalait immédiatement sa présence par un coup, preuve selon grand-mère Pa qu'elle était vive et que son lien au monde allait être fort. Tu m'étonnes.

Grand-mère Pa est une femme bien, rigide, et surtout bien rigide, qui a beaucoup de mal avec les couleurs quand elles ne sont ni noires ni blanches. Elle s'habille en blanc même l'hiver, parce que ça facilite la vie de ses lessives. Quand on la félicite d'être si gaie, tout de blanc vêtue, elle ne voit pas du tout ce qu'on veut dire. Elle déteste les compliments. C'est superflu. En gros, grand-mère Pa n'aime pas grand-chose.

J'en reviens aux parents. Il faut quand même se poser cette question : comment aimer naturellement une fille perpétuellement à côté de la plaque dont on se demande, tellement elle l'est, si ce n'est pas le seul défi qu'elle s'est fixé dans la vie ? Être différente, détonner, faire tache. À toute heure et en tout lieu. River a une intelligence « particulière », ce qui signifie rapide et inconsciente, elle a un humour « à elle », parce qu'elle rit fort quand elle fait un bon mot généralement mauvais, le plus souvent pourri. Elle est aussi dotée d'un tempérament « bien entier », l'obligeant à osciller d'une humeur à l'autre aussi prestement qu'une balle rebondissante. Elle monte et elle descend, elle alterne entre un mal-être profond, voire insondable, et une gaieté quasi hermétique, autrement dit entre une « tristounesse » (mot magique de maman pour dépression) et une « joie en boucle » (mot magique de maman pour survoltage). Aux proches fatigués de nous recevoir chez eux à cause des changements d'humeur et des débordements de River, ma mère l'explique ainsi. Mon père, lui, ne tient pas à en parler. Il n'invente aucun mot. Il regarde dans le vide, bien au-delà de River si possible, tandis qu'à l'inverse ma mère évoque son excellent niveau scolaire, sa poésie, sa fantaisie, sa grande originalité, qualités qu'elle choisit preuves à l'appui, et fourgue en bouquet dès qu'il y a un problème à surmonter ou des excuses à présenter, n'avouant jamais à personne que River, pour la résumer au mieux, est bizarre et tordue. Tarée et inadaptée. Mais chut. Un exemple ?

Au lieu de le garer, comme l'ont fait les autres enfants de son âge, sur cette jolie terrasse arborée qui fait office de garage à jouets l'été venu, River vient d'entrer avec son vélo dans le salon de nos hôtes, mais elle était pleine de mots, trop vous comprenez, et elle avait hâte de les offrir. Oui, River a cassé un vase. Mais elle a dit « oups ». Un vase en cristal ? Aïe. « Oups », encore un mot rigolo. Rares sont les jeunes filles qui disent oups. Elles préfèrent les jurons vulgaires. Voilà le tableau : papa, donc, réactif pour une fois, déjà debout, le vase brisé dans les mains. Maman, stoïque, poussant le vélo de River vers la terrasse en récitant sa leçon de normalité : « En tout cas, River n'a pas fait exprès de casser votre vase en cristal, je suis sûre qu'elle le trouvait ravissant, et c'est vrai qu'il l'était, avec ces jolies boules soufflées, alors évidemment, elle vous prie de l'excuser. Le casser a été sa manière de le rendre éternel dans votre souvenir. Vous ne l'oublierez jamais, vous verrez. » Quand maman en est là, généralement papa s'étouffe.

Récemment, j'ai lu sur Internet qu'il y avait eu un problème technique avec l'assistant vocal

Google Home. Cette boîte connectée faisant office de conciergerie à domicile éclatait de rire de façon intempestive, provoquant l'affolement dans les familles qui en hébergeaient une. Qui est donc cette tarée qui rigole sans raison en pleine nuit ? Eh bien, chez nous, ce n'est pas la Google Home, c'est River. Je suis bien obligée de révéler cette information pour décrire ma cohabitante non canalisée, puisque évidemment nous partageons la même chambre. Son rire la réveille brutalement. Elle me raconte toujours son rêve à haute voix, immédiatement – pas du genre à attendre le lendemain pour ne réveiller personne. Elle a vraiment besoin que son rêve sorte, explique notre mère, gênée et contrariée, vexée aussi, mais toujours aimable, quand Mme Stocklin, la voisine du dessus, téléphone pour exiger que River hurle moins fort. Notre mère n'explique à personne que ses rêves sont de véritables douleurs pour River, parce qu'elle les prend pour des images vraies. On a beau la rassurer, « T'inquiète, les étagères à six bras n'existent pas, ni les parquets mouvants », elle hurle. J'écoute maman la consoler. Remettre de l'ordre dans sa petite tête, qui aura quand même quinze ans dans dix-neuf jours. Ce n'est pas moi qui compte, c'est elle. Le problème, c'est qu'elle décompte depuis ses quatorze ans. Hélas, pas qu'une seule fois par jour.

En gros, je vis un calvaire. Moi, sportive, subtile et délicate. Elle, bruyante et brutale. Un peu crado aussi. Elle attire les petites catastrophes. Tous les stylos fuient entre ses doigts, les poux font des nids dans ses cheveux, ses chaussettes marquent ses chevilles. La légèreté l'épargne. Les bonnes choses tranquilles de la vie la contournent. Et elle en rit plutôt fort. Quand elle n'en pleure pas. J'ai toujours été contrainte de subir sa lourde présence dans l'enceinte de notre chambre coupée en deux par le milieu. River occupe le côté porte. Et moi, l'espace fenêtre. Cette distribution peu équitable plonge son côté dans la pénombre. Je tiens à préciser que j'habite la zone fenêtre parce que River en a décidé ainsi. Elle souhaite se protéger d'une lumière trop «étrangère», mot qu'elle emploie à dessein pour marquer sa dinguerie. Elle s'est même fabriqué un mur de livres qui a définitivement plongé sa partie de chambre dans une pénombre peu vivable. Elle dit que si. Nos parents tentent de la convaincre que la lumière fait du bien au moral. Quand elle veut qu'ils la croient, River regarde bien au-delà de ses interlocuteurs, sans les transpercer pour autant. Elle les efface. Ils ne sont plus là. En retour, il lui arrive de ne pas accepter d'être regardée. Être une étrangère, une étrangère bien hermétique aux autres, elle connaît. Jeune enfant, elle pensait disparaître rien qu'en posant ses mains devant ses yeux. Cachée derrière ses doigts, elle se sentait protégée des moqueries. C'est toujours le cas. Pourtant, elle n'est pas moche. Si elle se tait, elle serait même plutôt très jolie. Elle pourrait recevoir un prix de beauté si elle gigotait moins, mais des tics nerveux s'emparent parfois de son visage et j'ignore si je peux me fier à ce que dit grand-mère Hugues. D'ailleurs, grand-mère Pa se tait sur le sujet. Le physique, elle s'en contrefiche. Elle préfère miser sur le mental, ou plutôt l'évolution du mental, ou plutôt l'évolution d'un mental tortueux vers un mental « le plus normal possible ». Pour aller dans ce sens, elle offre à River des boîtes de jeux éducatifs, sans même la regarder dans les yeux quand elle les sort de son cabas. C'est comme si la tendresse distribuée devait se cantonner à ce genre de dons, jusqu'à nouvel ordre, jusqu'à amélioration en tout cas. Grand-mère Pa vient en moyenne une fois par mois et évoque, à chaque visite, « l'évolution de River ». À un moment, il faudrait qu'elle accepte que River est arrivée à son maximum. Assez bonne élève mais zarbi en société. À part une greffe de cerveau social, je ne sais pas ce qui peut désormais la transformer davantage. Elle voit quand même six thérapeutes par semaine.

Ça ne l'empêche pas d'être de plus en plus toc-toc, et de ne jamais s'adapter. Parfois, c'est marrant. Franchement, quand River propose à un professeur d'aborder une autre leçon que celle qu'il a prévue parce que l'autre lui plaît davantage, sa logique est imparable. Quand elle menace de ne pas se laver si on la force à couper ses ongles ou quand elle s'habille mal parce qu'elle a décidé d'être « décroissante », on rigole bien devant la tête des parents. Mais quand même, ce n'est pas évident d'être une bombe atomique et de se sentir tirée vers le bas. Boulet, sangsue, poids mort, pot de colle, River est tout cela à la fois. Les parents lui répètent qu'elle est exceptionnelle, que tous ensemble – tous, ça veut dire eux, les six thérapeutes, elle et moi –, on va trouver le chemin idéal vers son épanouissement. Mais moi, je sais que personne n'y croit. On l'améliore, c'est tout. On voudrait obtenir l'enfant parfait, mais la vérité, on la connaît : River ne sera jamais comme moi.

. 2

Chaque mardi soir, maman tombe des nues. Elle a encore oublié qu'après mardi c'est mercredi. Et le mercredi est le jour de River. Ma mère est passée au quatre cinquièmes pour s'occuper de leur « petit marathon » comme elle l'appelle, puisqu'en effet c'est toujours elle et jamais papa qui s'y colle. À midi, elle va chercher River au collège avec un sandwich mou, puis elle l'emmène chez le kiné en mâchant. Le dessert, de préférence liquide, est pris entre le kiné et l'orthophoniste. Ensuite, River va chez la psychologue, chez l'orthoptiste, et au « jeu de peindre ». Elle finit en beauté chez une sophrologue qui recommande actuellement un cours de chant, donc River devrait bientôt passer à sept thérapeutes. Je peux parier sur ce qui va se passer : notre mère va d'abord tenter de l'inscrire dans un cours de chant traditionnel. Elle échouera. Évidemment. Alors elle suppliera : « Allez, dites-moi quel est le problème, dites-moi ce qui, mieux que la voix, doit véhiculer l'émotion ? Quel est votre blocage avec son émotion ? River est émotive, à fleur de peau, et alors ? Vous croyez que la Callas était équilibrée ? » À bout de nerfs devant les supplications de notre mère, le professeur acceptera de prendre River à l'essai. Après un cours, le prof de chant, exaspéré par River mais plus encore par l'insistance de maman et ses accusations répétées (« Vous avez vraiment un problème avec la sensibilité »), plaidera l'absence d'oreille, le manque de rythme, les trous de mémoire de River : « Je ne peux pas accepter votre fille dans mon cours. Elle chante faux, elle ne retient rien, et elle ne semble absolument pas avoir pour projet de changer. Elle se complaît dans ses cris ! Faites-lui faire du sport, elle a besoin de se défouler. » Maman quittera le cours calmement, dévorée de rage mais serrant la main de River dans la sienne, et l'abreuvant de douces paroles : « C'est un con, ma River, un gros con. Il n'y a pas de problème. Tu seras soprano. Si tu le veux. »

Maman en parlera évidemment à papa et trouvera évidemment une solution. Seule. Elle optera forcément pour un thérapeute chantant capable de comprendre sans les juger les « tristounesses ou les joies en boucle » de River. Soulagée d'avoir trouvé un lieu pour le chant, elle repensera quand même de temps à autre au conseil du méchant prof de musique à propos du sport et quand elle aura bien bassiné papa en lui disant qu'elle a trouvé « le truc » qui va permettre à River de trouver définitivement son équilibre, papa répondra « à toi de voir » ou « comme tu veux ». Donc River ira au sport, bientôt, sûrement, un autre jour que le mercredi si les heures venaient à manquer. Vingt-quatre, c'est peu, se lamente maman quand le mercredi se termine, et qu'elle et River sont affalées sur le canapé, télé éteinte, parce que les images pourraient se fixer dans son grand cerveau, « pas petit du tout » dit maman à papa qui semble parfois l'oublier. Alors elle répète que la dame du « jeu de peindre » a encore parlé du cerveau de River comme d'un lieu de « vastitude ». Et papa préférerait que ce soit la psychologue qui parle ainsi, ou l'orthophoniste à la limite. Il en a marre que les adeptes du cerveau de sa fille soient « des art-thérapeutes qui gardent ses croûtes pour des expos sur les troubles mentaux et emploient des mots étrangers au dictionnaire ». Quand papa la traite de troublée mentale, River se jette systématiquement sur lui pour lui faire un câlin et, comme il s'en veut d'avoir lâché le mot, surtout vis-à-vis de sa femme qui se donne tant de mal pour que leur enfant devienne normal, il serre River dans ses bras et fait un clin d'œil à notre mère. «J'avais oublié comme mon mari était drôle», lâche-t-elle généralement.

Je pars avec elle préparer le dîner. Je n'aime pas qu'elle soit seule après une journée à s'occuper de River. Je note les traces de fatigue sous ses yeux. Je sais qu'il lui est difficile de mener le combat. Mais si on l'aidait à le faire, elle ne voudrait pas de nous. «C'est qui la maman ici?» demande-t-elle parfois pour vérifier qu'elle est bien présente. Et elle sourit toujours quand on lui répond «toi». Pendant que papa retire de la tête de River la vilaine pique qu'il vient d'y enfoncer, maman et moi faisons les folles dans la cuisine. Elle me coupe du saucisson en tranches épaisses, et ne s'ennuie pas à calibrer des lamelles, comme pour ma sœur, qui avale tout trop vite et s'est étouffée tant de fois. Gloutonne? Non, dit maman, juste bonne vivante impatiente. En attendant, c'est deux fois plus de travail pour elle d'avoir à mixer les fruits pour que River n'absorbe pas la queue et les noyaux. «Son empressement ne connaît pas de limites», dit maman. «Arrête de faire ta morfale!» préfère papa. Mais ce type de méchancetés lui rapporte pas mal de problèmes. Parce que maman est sympa avec tout le monde, avec River, avec moi, et même avec la voisine si nécessaire, mais elle accepte de l'être avec papa seulement s'il est gentil avec River.

Dans la cuisine, maman et moi nous faisons des confidences. Nous aimons nous raconter la vie que nous aurions si nous étions toutes les deux seules au monde. Nous n'avouons jamais que ce serait « sans River », mais on le pense. C'est l'évidence puisqu'on s'imagine des virées à la plage, des randonnées en montagne, des escapades à vélo, des journées de courses au supermarché, des marrades sans limites au centre aquatique. Toutes ces activités nous sont interdites par la présence de River. Pourtant on les a essayées. Et chacune s'est soldée par un échec. « Échec relatif », a toujours précisé maman, tandis que notre père rongeait son frein. Il venait généralement de sauver River de la noyade ou du précipice. Elle mesure mal les dangers, ou bien elle les encourt par pur plaisir. Par peur. Les deux. Elle ne sait pas dire si le plaisir lui fait peur ou si la peur lui fait plaisir. À la piscine, elle avait pris l'habitude de se balancer du plus haut plongeoir avant même de savoir nager. Depuis, elle se jette. Où qu'elle soit d'ailleurs, elle se jette. D'un bateau qu'on prendrait sur la mer. D'un chemin d'altitude en montagne. Elle prétexte ensuite qu'elle avait chaud, ou pressenti un raccourci. Tout est bon pour quitter la route. On ne peut pas anticiper ses bêtises, alors tout est très dangereux avec River. Dans les magasins, c'est différent mais aussi compliqué. Elle s'y ennuie, ou bien les gens lui paraissent bizarres. Alors elle les regarde trop intensément. Ensuite, elle explique que c'est absurde une dame qui hésite longtemps devant le rayonnage des brosses à dents, les touche, les repose, prend la violette plutôt que l'orange, puis la rose, parce qu'elle n'avait pas vu la bleue, alors elle prend la bleue. « Je l'ai fait pour l'aider, elle avait trop d'hésitations », explique River quand maman lui reproche d'avoir vidé toute l'étagère de brosses à dents dans le Caddie de la dame qui ne lui avait rien demandé.

Avec maman, on rêverait d'aller faire du shopping entre filles, mais River s'impatiente dans les boutiques. Soit parce que la vendeuse la regarde, soit parce qu'elle sent les murs se resserrer autour d'elle. Parfois, elle demande la taille.

– La taille de quoi ? dit la vendeuse.

– De ta boutique. Ta boutique, elle fait du 38 ? Du *small* ? C'est trop *small* ta boutique, on est mal dedans, hein maman, on est mal dedans ?

Après, River essaie de pousser maman dehors, sans attendre qu'elle se soit rhabillée. Elle la pousse hors de la cabine et, si ça ne marche pas, elle la tire. La vendeuse nous prie de sortir, parce que River n'a pas l'air complètement débile non plus, donc on se demande si ce n'est pas de la provocation. Même si maman encaisse bien, on comprend qu'elle ne veuille pas se payer ce genre de petits spectacles dans trop de boutiques. Elle commande plutôt sur Internet. C'est assez gênant comme ça d'aller chercher les commandes dans les Relais Colis, avec River qui répète en boucle notre nom de famille, ses tables de multiplication ou une chanson paillarde. La thérapeute, dite coach attentionnel, celle qui lui a appris à entrer en contact avec les autres, se félicite qu'elle ait trouvé le moyen d'inventer sa façon à elle de saluer : « Si bonjour est trop compliqué, trop simple ou trop collet monté, dis autre chose, sois toi ! » Du coup, au lieu de dire bonjour, River préfère poser des questions complètement hors sujet : « T'as quel âge ? », « Tu pèses combien ? » ou « Tu préférerais être sourd ou aveugle ? »

Quand papa serre River dans ses bras, et qu'elle ne sait pas trop si c'est pour l'aimer ou la tuer, et que moi je suis dans la cuisine avec maman, à refaire le monde, enfin le nôtre, j'oublie tout, même cette espèce de sœur encombrante qui nous fait la vie si compliquée. Maman me serre dans ses bras, prend mon visage entre ses mains, me sourit comme si la vie nous souriait. Et généralement, papa arrive, pas pour sourire à la vie mais à autre chose, au repas qui se prépare, à la bière qu'il se débouche, à moi qui ne fais pas de vagues, avec ma grâce et ma mesure. C'est là que River raboule, donne un coup de coude à papa pendant qu'il décapsule sa bière, rigole quand il la renverse, et dit « c'est pas grave » quand la mousse se répand sur le linge qui sèche. Après, elle hésite. Alors, elle me demande à voix basse : « Toi qui sais tout, c'est grave ou pas ? »

. 3

Le jeudi est une autre sorte de marathon pour River, celui de la « lente-longue journée ». Elle reste à l'étude jusqu'à dix-huit heures trente. Tous les autres jours de la semaine, quelqu'un vient la chercher plus tôt. Le lundi et le mardi, c'est grand-mère Hugues. Le vendredi, c'est maman. Mais le jeudi, personne ne peut la récupérer avant l'étude, parce que grand-mère Hugues a chorale et maman rattrape le retard accumulé au bureau le mercredi, alors River reste au collège jusqu'au soir, la mort dans l'âme. Elle ne se plaint pas. De mon côté, je pourrais très bien rentrer chez nous, mes parents m'en donnent le droit, j'ai quand même quinze ans. Au passage, je profiterais de notre chambre bien tranquillement, pour une fois épargnée par le bruit de fond de ma sœur, mais je préfère traîner dans la cour. Je ne rentre pas. On ne sait jamais. River me pourrit la vie mais je n'aimerais pas qu'on lui fasse du mal. La blesser est tentant, pour tous ceux à qui il manque le courage d'attaquer plus fort qu'eux.

Le jeudi, Alanka reste lui aussi à l'étude. Il est nouveau au collège, arrivé en début d'année, et il est la terreur de River, sauf quand elle le voit concentré sur le panier de basket. Au moins, quand il joue, il ne regarde pas vers elle. Il a une autre cible. Elle n'en parle jamais parce qu'elle a peur que les parents aillent en discuter avec M. Iratsoki, le proviseur, et que ça s'aggrave. Elle s'est tout de même confiée à moi. Quand River se confie, elle hésite toujours sur le même point : « Ai-je raison d'avoir peur, ai-je raison de penser qu'Alanka ne m'aime pas ? » Alors elle cherche des preuves. Elle cherche la preuve qu'Alanka est bien le monstre qu'elle croit. Elle ne veut pas accuser à tort. Ma petite sœur est tordue mais elle reste juste. Au début, elle a cru à une amitié entre eux, parce qu'Alanka l'a souvent approchée pour lui parler ou lui proposer des sorties au parc, avec son groupe d'amis, trois autres garçons aux prénoms en *T*, Tom, Thib et Tanguy. Mais assez vite, elle a compris qu'Alanka l'approchait pour mieux se moquer d'elle, et l'imiter ensuite devant les trois T écroulés de rire. Dans ces situations désagréables, River ne rase pas les murs. Elle s'approche, elle regarde, elle participe. On se moque d'elle ? Elle monte au front. Ce côté crâne énerve tellement Alanka qu'il interpelle les autres : « Eh, les gars, elle n'est pas seulement agitée du bocal, River, elle est complètement demeurée ! » Et River reste campée devant eux, souriante, avec des mots un peu nuls parfois, comme « c'est celui qui le dit qui l'est ». Elle a appris ces phrases avec sa psychologue. Mme Proutsheur ne lui donne aucune phrase toute faite à répéter aux malfaisants. En revanche, elle aide River à trouver elle-même les solutions adaptées aux situations. Quand River raconte un problème, Mme Proutsheur hausse les épaules et la rassure sur le fait que c'est à cause de ses trop nombreuses qualités que le monde lui semble si différent d'elle. River est censée ne pas trop prêter attention aux moqueries des autres et être persuadée qu'elle avance. *Encore seule,* pense River qui n'a rien contre l'idée d'avancer. Mais, à force d'avancer, ne finira-t-elle pas des kilomètres devant les autres, c'est-à-dire encore plus seule ?

Seule devant, ou seule derrière ? se demande-t-elle. Ou me demande-t-elle. À moi qui suis censée savoir à sa place. C'est le jeudi soir qu'elle me parle le plus, quand elle vient de faire semblant d'aller très bien, à table, pour ne pas affoler maman qui pose pourtant beaucoup de questions sur le déroulement de l'étude. Le jeudi, c'est comme si River tenait à offrir une pause à maman. Alors après l'étude, même si Alanka et les trois T l'ont traitée de balai à chiottes à cause de ses cheveux mal démêlés, ou l'ont poussée dans le dos du haut de l'escalier et qu'elle a dévalé dix-huit marches sur les côtes, les recomptant d'en bas pour pouvoir le rapporter un jour à quelqu'un ou au moins à moi, elle ne se plaint jamais. Même s'ils l'ont attendue dans les lavabos pour lui plonger la tête sous l'eau, elle se tait. Après, dans notre chambre, elle cajole Raymond, son grand lapin aux yeux pailletés, et me confie des extraits de sa journée. Elle me ment. Mais elle dit tout. Sauf qu'elle commence par raconter qu'ils ont bien ri tous ensemble. Elle préfère s'imaginer qu'il s'agit d'un jeu. Des jeux d'enfants dont elle est l'héroïne. « On m'a fait un croche-pied. J'ai pris la fenêtre dans le nez. Ils m'ont montré comment enfoncer une craie dans mes narines. Ils ont dit qu'ils allaient m'arranger un jour. Arranger, c'est quoi ? »

Je ne dis rien à maman. Je ne dois pas trahir River. En revanche, je surveille. Si quelqu'un doit l'arranger, je serai là.

Ce jeudi, Alanka est particulièrement souriant. River sent bien les choses. Elle n'est pas du tout bizarre quand il s'agit de sentir si on se moque d'elle ou pas. Alors quand Alanka lui propose de le rejoindre, lui et ses trois T, au parc, samedi en fin de journée, elle comprend le piège, et refuse. Il insiste, main sur l'épaule, mais ça rit trop autour d'elle, alors elle refuse encore. « Tu vas venir », lui dit-il, pressant sa nuque avec sa main gauche tandis que la droite se pose sur sa poitrine. Les trois autres pouffent. River part en courant, mais les trois T lui barrent la route. « Chaîne humaine ! » crient-ils en se tenant par les bras comme pour une mêlée de rugby. Alanka ferme la chaîne. River devient le ballon au cœur de la mêlée. L'étude n'a pas encore commencé. Il se passe une dizaine de minutes entre la sortie de classe des élèves et l'appel à l'étude. Dix minutes durant lesquelles les élèves peuvent traîner dans la cour. Les lavabos sont le lieu rêvé des tortionnaires. River sait qu'elle ne doit jamais s'y rendre mais son stylo a fui dans ses doigts, et elle a peur qu'on se moque du noir sous ses ongles. Elle y est pourtant allée en rasant les murs, après avoir vérifié qu'Alanka et les trois T étaient occupés, vers le portail du collège, à regarder les filles qui sortent à seize heures trente. Il manquait un des trois T, Tanguy. River est quand même allée aux lavabos. Erreur. Dès qu'il l'a vue se diriger vers les toilettes, Tanguy a donné l'alerte. À présent, ils sont tous les quatre réunis en mêlée, ils la touchent. Des mains tirent sur son pull, d'autres soulèvent son tee-shirt. La sonnerie retentit. *Une sonnerie qui me sauve,* pense-t-elle. Alanka et les trois T déguerpissent.

– À samedi, dix-sept heures au parc ! crie Alanka.

– Mais on se verra demain pour te le rappeler ! ricane l'un des trois T.

« Malade », dit River. Elle me demande si mentir pour être malade demain, c'est-à-dire vendredi, est possible. Je dis oui, évidemment. Je peux mentir avec elle ou le dire à maman, mais elle refuse. Ce serait trop de souci pour maman. River veut s'en sortir seule. « Ce ne sont que quatre petits nuls », répète-t-elle, s'enfonçant dans son fond de chambre, rebouchant les quelques trous dans ses piles de livres, plongeant dans le vrai noir, réveillant Mme Stocklin, la voisine, à une heure du matin avec un cri : « Ne me touchez pas ! »

Maman arrive en courant, elle répète à River que les étagères n'ont pas de bras. Elle exécute son petit rituel antimonstre en dispersant de la poudre invisible que contient un ancien flacon Ducros de cannelle. Mais River continue à crier qu'elle ne veut pas qu'on la touche. La voisine rappelle, c'est papa qui décroche parce que maman serre River dans ses bras. Pour une fois, papa envoie Mme Stocklin sur les roses. Tant pis pour la forme, même si nous, de la chambre, et malgré les sanglots, on entend : « Écoutez, vous commencez à nous emmerder, notre fille n'est pas normale, vous avez remarqué, non ? Alors, arrêtez de nous harceler ! » Il raccroche et vient nous retrouver. Debout derrière maman, il regarde la scène. Leurs cheveux sont mêlés. Maman serre dans ses bras le long corps de River qui s'est pelotonnée. En disant « là, là, là », elle attend qu'elle s'apaise et se rendorme. Il faut encore un peu de temps, et le silence revient. La maison s'endort pour de bon cette fois.

À sept heures et demie, maman pointe son nez dans la chambre pour nous réveiller. Elle dit que grand-mère Hugues va venir garder River parce que la nuit a été trop mauvaise pour que sa journée de cours soit réussie. « Reste couchée et repose-toi », murmure-t-elle à River. De mon côté, je peux filer au lycée, l'esprit à peu près libre puisque je sais que ma sœur sera protégée, à la maison, avec notre grand-mère à moustache préférée. Je m'arroge le droit de dire deux mots à Alanka et à la bande des trois T. Oui, d'ici lundi, je vais faire en sorte que tout soit réglé.

. 4

Le collège et le lycée se font face, séparés par une cour commune à tous les élèves, même si des zones se définissent automatiquement. En effet, il n'est pas aisé de franchir la zone lycée quand on est collégien, mais il est très facile d'affronter les collégiens quand on est lycéen. Une lycéenne comme moi, brillante de surcroît, et déléguée de sa classe, doit pouvoir sans encombre évoquer un problème avec un garçon d'un an de moins. Je m'y engage.

Alanka, c'est quoi au fond ? La sonorité d'un voyage ? Une marque de lunettes de soleil ? Plutôt un affreux juron ? Rien d'aussi complexe que cela. C'est juste un garçon de quatorze ans, un élève de troisième sûrement paniqué, comme les autres, à l'idée qu'une élève de seconde vienne lui parler. Si je vais le trouver et que je lui demande de ne plus importuner ma sœur, il n'osera pas me rire au nez.

Déjà, je le cherche. Avant la sonnerie de huit heures trente, je vais sûrement le trouver. Alanka est facile à repérer le matin. Il est encore plus gros qu'en fin d'après-midi, avec ses traits bouffis de mauvais garçon mal réveillé. Là, je pense à River, ma tordue de sœur, ma super tordue de sœur que je viens de quitter, tellement soulagée de rester à la maison qu'elle souriait aux anges, bien pelotonnée dans son lit, les bras enroulés autour de Raymond, le corps quand même recouvert de bouquins. Ça évoquait un jour de drame. « Armure ! » a-t-elle dit en se marrant quand papa lui a fait remarquer qu'il y avait des couvertures plus confortables à poser sur soi que ces livres à couvertures rigides. Un à un, il a soulevé les livres, et il les a déposés en pile au pied du lit. Elle a ri. On sait tous que papa l'aime, au fond, bien au fond, et on a surtout compris depuis belle lurette que si maman en faisait moins pour elle, il en ferait davantage ! River a aussitôt repris ses livres, et les a replacés sur elle, un par un, dans l'ordre des dessins qu'elle préfère, la famille Rabbit dans son cou, les Martine sur ses pieds. Elle a conservé tous ses albums jeunesse. Les parents sont partis travailler avant que grand-mère Hugues arrive. Elle a appelé de la rue pour dire qu'elle était en route. « Toute proche », a dit maman à River qui a constaté qu'elle aimait beaucoup ce mot mais que ça dépendait dans quelle bouche.

Alanka est introuvable dans le coin des troisième. Les trois T sont tous là, mais dispersés. Tom discute avec deux filles, Thib recopie un devoir d'espagnol sur un autre élève et Tanguy, adossé à un mur, a l'air mal luné. Il regarde passer les derniers arrivants. C'est à cet instant qu'Alanka rapplique. Tanguy lui fonce dessus. Ils doivent présenter ensemble un exposé sur l'environnement mais Alanka a oublié les feuilles chez lui. River, elle, a préparé un exposé sur les bouses de vache et le dioxyde de carbone. Notre mère a tenté de l'en dissuader (« Tu sais, River, les pets de vache, ça va faire rire les autres »), mais River n'a pas compris le problème. Elle a observé que le rot de vache était lui aussi un problème, et que la vache sous antibiotique nuisait davantage à l'effet de serre. Elle ne fera pas son exposé aujourd'hui puisqu'elle est absente mais Alanka rigole quand même. Tanguy le traite de tous les noms. « C'est pas vrai, mais qu'est-ce que t'as foutu, abruti ? » À cause de cet oubli, sa moyenne va encore chuter. Ça vire au pugilat. Je suis ravie. Si la bande éclate, ce sera encore plus simple. Hélas, je crois bien que la bande ne va pas exploser ce matin ; déjà, Alanka sort les feuilles de l'exposé de son sac à dos.

Ah ! la bonne blague… Tanguy lui tape dans le dos, ils s'appellent « mon frère ». Ils rejoignent Tom et Thib. La bande est là, devant moi. Je peux imaginer ce que ressent River quand ils s'amènent, goguenards, près d'elle qui ne demande rien. Ils me regardent, surtout Tom, qui me sourit. Tu crois quoi, mon petit gars ? Ils me font les yeux doux. Comme tous les garçons d'ailleurs. J'ai refusé de me présenter à l'élection de Miss Populaire, je trouvais l'événement complètement débile, et en plus la lauréate gagnait un Babyliss, mais j'aurais certainement été plébiscitée. Je m'approche d'eux et Tanguy rougit. Il regarde dans son sac à dos. « Alors, on baisse le nez quand j'approche, les gros bras ? » Je leur dis vite leurs quatre vérités. Il faut qu'elles tiennent dans les deux minutes auxquelles j'ai droit si je veux entrer à l'heure dans ma classe. « Vous ne retouchez plus à River, ou vous aurez affaire à moi. Si vous l'approchez, vous verrez. » Je repars, leurs yeux comme des couteaux dans le dos, mais sur moi les couteaux rebondissent. Ils font même demi-tour. Quatre lames se dirigent vers eux, à vive allure, et les plantent. Oui, ma River, je viens de leur rendre ce qu'ils t'ont fait.

Pendant ce temps, à la maison, River joue au jeu des 7 familles avec grand-mère Hugues qui raconte une histoire de famille par carte qu'elle tire. L'oncle de la famille Velours lui rappelle quelque chose et la fille de la famille Coton quelqu'un. La mère Soie lui rappelle une histoire et le père Crépon aussi. Surtout, grand-mère Hugues raconte pourquoi elle s'appelle Hugues, prénom compliqué à porter quand on est une femme. Elle l'a déjà raconté une centaine de fois, mais chacun a ses défauts et celui de grand-mère Hugues est de ne pas avoir encore compris que River n'a aucun problème de mémoire. Elle peut même réciter *Le Bateau ivre* à l'envers. Oui, au contraire, elle se souvient précisément de tout. Mais elle laisse grand-mère Hugues raconter parce qu'une grand-mère aime raconter. Une grand-mère a besoin de se souvenir. Oui, River comprend ces choses-là, et mieux, elle les ressent. Elle se met très bien « dans les gens ». Dans leur tête et dans leurs désirs. Grand-mère Hugues est née après trois autres filles alors que ses parents espéraient un garçon. Elle affirme qu'ils n'ont pas été déçus mais explique qu'ils l'ont quand même appelée comme ils avaient prévu d'appeler le garçon à naître. Après Suzanne, Micheline et Irène, Hugues est née. Et encore une fois, grand-mère Hugues rigole en le racontant. La journée s'annonce légère. Sa sœur va la débarrasser de ses ennemis et sa grand-mère vient de la réconcilier avec la vie. River va bien. Raymond est content.

À treize heures douze, le téléphone sonne. L'heure est marquée sur le four et River et grand-mère Hugues sont justement en train de déjeuner. River n'a pas envie de répondre, alors c'est grand-mère Hugues qui s'en charge, certaine qu'il s'agit de maman. Or c'est un garçon au téléphone, qui demande à parler à River. Elle n'était pas en cours ce matin. Est-ce qu'elle va bien ? Est-elle souffrante ? Grand-mère Hugues sourit en répondant au garçon, elle adresse même quelques clins d'œil à River avant de lui transmettre l'appareil. « C'est pour toi, River. Mathieu. »

Mathieu ? River ne connaît pas de Mathieu. Il n'y a aucun Mathieu à l'école. Et chez les thérapeutes non plus. Au « jeu de peindre » ? Un Mathieu qui jetterait comme elle des couleurs sur les murs ? Franchement, ça ne lui dit rien. Elle prend quand même le téléphone, évite ses blagues habituelles du genre « À l'huile ? », et murmure un « allô » bien concentré. « Dis donc, River, fait la voix, t'es pas en cours on dirait ? Tu saignes du nez ? On t'attend au parc demain, tu te rappelles ? Derrière le manège, après les balançoires. Viens, sinon lundi ce sera ta fête. » Et Mathieu raccroche.

Non, franchement, ça doit être une erreur. River ne connaît pas de Mathieu. C'est certainement une erreur. Pourtant, elle n'a plus faim. Elle refuse la crème renversée, faite le matin même par grand-mère Hugues et rien que pour elle. « Tu ne veux pas le dessus, ou bien le dessous avec plein de caramel ? » River n'entend plus très bien. Sa grand-mère lui suggère une sieste. Au réveil, elle verra si elle a envie d'aller se promener. Elles pourraient faire un tour au parc par ce beau soleil. River retourne dans son lit.

Pendant ce temps, au lycée, je déjeune à la cantine. Je suis invitée à une soirée samedi, chez Laetitia, ma meilleure amie. Alanka et les trois T ne réapparaissent pas. Je pense les avoir bien matés. De toute façon, c'est décidé, s'ils tournent encore autour de River, je le dirai. Les parents sont là pour ça. Papa fera quelque chose, moi je le sais.

À dix-sept heures, alors que River et grand-mère Hugues n'ont pas encore décidé d'aller au parc, le téléphone sonne à nouveau. Mathieu. River prend le combiné sans parler, et la voix lui dit : « River, demain, apporte une nappe si tu peux. Il y a bien une nappe chez toi ? C'est pour poser par terre. Chacun apporte quelque chose. Apporte la nappe, nous on s'occupe du reste. Une grande nappe rouge ! » Mathieu ? Ça ne lui dit toujours rien. Elle n'en connaît pas et n'en a jamais connu. Elle risque d'ailleurs de ne jamais en connaître parce qu'elle n'ira pas au parc samedi. Elle va me regarder me préparer pour ma soirée, puis elle jouera au P'tit bac ou au Uno avec maman. Si de grands bras lui manquent, elle approchera papa et le canapé, s'installera discrètement à côté de lui pour regarder le rugby. Il l'appellera « mon cœur » plusieurs fois parce qu'il aime bien quand elle se glisse dans sa vie comme dans un lit, muette, presque endormie, sans rien froisser. Maman leur apportera du chocolat chaud et elle s'assoira derrière eux, un livre à la main, sans râler à cause du bruit du match, tellement contente de voir leurs deux crânes pour une fois pas trop éloignés l'un de l'autre.

. 5

Une nappe à carreaux ? Maman n'a pas compris ce que River voulait en faire mais elle a fini par lui en sortir une bleue à fleurs jaunes. River a insisté pour en avoir une rouge à carreaux mais maman a répété qu'elle n'en avait pas. Elle a surtout répété : pour quoi faire ? « M'asseoir au parc », lui a répondu River. Maman lui a conseillé de prendre un drap de plage, le rose qu'elle aime tant, ou le bleu avec les dauphins, ou le vert avec les ballons, mais River a exigé la nappe. À quinze heures cinquante, elle a annoncé qu'elle sortait. Aucune remarque puisque Mme Proutsheur a conseillé de la laisser libre de se promener comme toutes les jeunes filles de son âge. Les parents ne doivent pas la coller quand elle éprouve le besoin de se comporter en adolescente. Tout est bien balisé. Rien n'est anormal. River va passer une ou deux heures au parc, et rentrer avant la nuit qui tombe tard en ces beaux jours. Pendant ce temps, j'irai chercher un cadeau pour la soirée de Laetitia, et maman va en profiter pour passer un moment tranquille avec moi. Le week-end prochain, elle organise les quarante-cinq ans de papa et c'est une fête qui se prépare. « D'ailleurs, River, quand tu seras sur ta nappe, pense au petit texte que tu liras à papa, tu veux bien ? »

River va y penser. Au parc. Sur la nappe et en goûtant. Elle a hâte de rencontrer ce Mathieu qui lui a donné rendez-vous. Elle qui pensait si difficile de se faire des amis, elle se rend compte que c'est très simple finalement. Elle marche quand même bien lentement pour quelqu'un qui a rendez-vous. La nappe pèse plus lourd à chaque pas. Elle l'a rangée dans son sac de piscine, le jaune avec le poussin blanc. Elle ne s'en sert pas souvent. Elle s'arrange pour éviter la piscine. Dans le grand bassin, les gens qui crient lui cassent les oreilles et il y a déjà eu trop d'incidents. D'ailleurs, M. Iratsoki a préféré la diriger vers d'autres disciplines optionnelles. Puis il a été content quand l'afflux de thérapeutes l'a parfois privé de River. « C'est une élève originale et attachante comme j'en ai peu connu dans ma carrière de proviseur, a-t-il dit un jour, avant le « mais ». Mais River, comment dire… River, si elle était un animal, serait difficilement domesticable… » Ma mère se mordait les lèvres pour ne pas interrompre M. Iratsoki et lui dire sa façon de penser. Le proviseur a donc poursuivi librement sa métaphore pourrie et River a continué à être décrite comme un animal sauvage, pas féroce, pas complètement indomptable, mais bien plus heureux dans sa « zone de confort ». « Zone de confort », terme à souligner en rouge, c'est-à-dire zone récréative, loin de l'école et de ses structures si possible. En résumé, on est déjà bien sympa de l'accepter en cours. Gardez-la un max avec vous le reste du temps. Et si vraiment elle aime la piscine, achetez-lui un bassin en plastique, elle barbotera dans la cuisine.

C'est grand-mère Pa qui a offert à River le sac de piscine. Ce poussin blanc sur fond jaune est le seul objet un peu rigolo qu'elle ait jamais acheté pour River. Elle l'a rapporté de Lourdes. On s'est tous étonnés qu'elle ne rapporte pas plutôt une médaille miraculeuse censée guérir les malheureux et relever les handicapés. Mais grand-mère Pa a préféré ce sac à dos. On la soupçonne de l'avoir quand même aspergé d'eau bénite avant de l'offrir. On en a souvent plaisanté et River se posait une seule question : le poussin aurait-il perdu sa forme s'il avait été arrosé ?

C'est pour cette raison qu'au moment où Alanka et la bande des trois T arrivent, une bouteille d'eau gazeuse à la main, et qu'ils la secouent l'un après l'autre, avant d'en dévisser le bouchon et de la balancer dans le dos de River, elle pense aux bonnes plaisanteries familiales autour de grand-mère Pa qui fait toujours ses coups par en dessous. Alors River rit. Après tout, l'eau qui pique ne pique pas vraiment. D'ailleurs, elle s'écrie : « Génial ! Merci ! L'eau qui pique, ça me remonte le moral ! »

Alanka se plante debout devant elle. Il décapsule une autre bouteille, d'eau plus mousseuse, d'eau jaune pâle qui sent le match de rugby, une eau qui gicle, presque effervescente, et cette fois il vise la gorge. Alors, River baisse le nez, regarde vers ses genoux bien tendus sur la nappe, deux pieds flexes au bout de ses jambes, elles aussi bien tendues. Elle est en train de se demander quelque chose : où est Mathieu ? Alors elle relève le nez afin de recevoir la dernière giclette de bière et elle dit tout haut : « Il est où, Mathieu ? » Alanka la fixe un instant puis éclate de rire, imité par les trois autres. Alors River rit elle aussi de bon cœur, avant de sortir de son sac de piscine le cake aux fruits confits qu'elle a apporté pour les oiseaux. Elle l'émiette. Ils vont venir. Ils sont nombreux, ils pourront peut-être la transporter par voie céleste jusqu'à sa chambre. Mais chaque fois qu'un oiseau s'approche, un des garçons donne un coup de pied dans sa direction, saute ou frappe dans les mains pour qu'il s'envole. River émiette le cake en plus petits morceaux, elle dit des « bribes », et Mme Proutsheur conseille de ne pas la reprendre systématiquement. Bribe ou miette, qu'importe, on comprend. Une fois, elle a même dit débris. Et alors ? Débris de pain, très bien aussi, très clair, limpide même.

River en fait des petites boules précises, comme si le cake était en pâte à modeler, et les garçons ricanent. River sait très bien que les garçons ne sont pas sympathiques quand ils s'amusent ainsi autour d'elle, mais elle n'a pas peur parce qu'elle me sait proche. Je l'ai suivie, évidemment, préférant laisser maman aller faire ses courses toute seule. J'ai prétexté un rendez-vous entre amis, mais en fait je surveille River, bien cachée de l'autre côté du manège, entre la machine à glaces italiennes et le kiosque. Je ne voudrais pas qu'elle se sente mal à l'aise. Elle n'aime pas priver les autres de leur liberté. Elle n'aime pas être un poids. J'ai très bien vu qu'on l'avait aspergée et si je n'ai pas réagi, c'est à cause de la température. On est fin mai, par chance il fait chaud, et le soleil est très fort depuis quelques jours. Si on l'avait arrosée en décembre, en janvier, en février, en mars, et même début avril, j'aurais réagi. Mais je connais River. Elle n'a pas donné le cri d'alerte, ni appelé au secours. Elle a juste ri fort. Et cherché Mathieu. Derrière elle, souvent, se retournant d'un coup pour voir s'il apparaissait. Le Mathieu doux et gentil du téléphone. Celui qui lui a donné rendez-vous ici, maintenant. Mathieu ? Il est où, Mathieu ?

Elle l'a retrouvé dans sa tête. Il était en train de lui téléphoner justement. Pas besoin de portable pour River. Parfois, juste une pensée suffit à convoquer les gens. Il lui a expliqué qu'il était là aussi, parmi eux, même invisible. Elle a réussi à regarder Alanka et à entendre la voix de Mathieu sortir de lui. Les deux, comme le héros et son double ou l'ombre et la lumière. Le problème s'est produit au moment où elle a commencé à l'expliquer à Alanka et aux trois T. « C'est dingue », a-t-elle dit. Puis elle a évoqué « l'envers et l'endroit » d'une personne. Ça a aussitôt donné une idée à Tom qui lui a mis un « aller-retour », et une idée à Thib qui a parlé de « vice versa », et une idée à Tanguy qui a parlé de « va-et-vient ». Alors tous ces mots ont entamé une danse dans la tête de River. À un moment, j'ai compris qu'il y en avait trop car elle s'est levée d'un bond, comme si les mots la brûlaient vraiment fort. Les trois T ont fait le même mouvement qu'elle. Debout, comme un seul homme, les pieds alignés sur la nappe. « Chaîne humaine ! » Alanka devant River, les trois autres derrière. C'est là qu'elle s'est baissée pour ramasser la nappe, mais avec les huit pieds de garçon posés dessus, ce n'était pas très commode. Elle a quand même tiré sur le tissu, dans l'espoir de le faire glisser sous les semelles des garçons, mais la nappe n'a pas bougé. Les garçons non plus. Ils ont fait semblant d'entamer une ronde autour de River puis la ronde est devenue mêlée, comme dans les toilettes.

Alanka riait comme un sourd, beaucoup trop fort, si fort que le gardien du parc est venu le calmer, lui et sa bande, en disant: «Doucement, les gars, on n'est pas sur un terrain de foot, vous allez bousiller la pelouse!» Il s'est éloigné avant que la petite tête de River ne jaillisse de la mêlée, le nez rouge, mais toujours le sourire. Parce qu'une bande de filles passait et regardait en direction des garçons. Pour River, c'est parfois tentant de faire envie. Elle, avec quatre garçons, au parc, en fin de journée, comme toutes les filles de son âge. Cette idée d'elle lui plaît, forcément, alors elle ne pense pas à son nez rouge, mais plutôt à ce que les autres vont penser d'elle. La bande de filles, sûrement des troisième comme moi, estime-t-elle, une brune, une blonde, une châtain, une deuxième châtain, regardent avec beaucoup d'insistance puisqu'elles se sont arrêtées devant la scène. Jamais River n'a eu autant de monde pour public. Ah si, ça lui revient, elle y pense, tandis que les garçons pèsent de tout leur poids sur la nappe et qu'elle rit de plus en plus fort pour que la brune, la blonde, la châtain et la châtain soient épatées. Elle repense à l'école, au spectacle de théâtre où chaque groupe devait présenter une création libre, respectant seulement l'unité de lieu précisée : une salle d'attente. River avait eu l'idée d'un utérus. Personne n'avait voulu intégrer son groupe au départ, puis Ménéhiade, incitée par la prof de lettres, avait accepté. Elles devaient écrire leurs répliques, fabriquer le décor. Ménéhiade n'avait pas très envie de travailler et River, certaine d'avoir une nouvelle amie, a pensé que faire le travail à sa place serait le meilleur moyen de la garder pour la vie. Alors elle a travaillé pour deux, écrit la pièce, inventé le décor : une sorte de caverne rouge qu'elle a réalisée avec le concours de maman et pas de Ménéhiade, et River a même répété pour deux, trouvant des astuces de mise en scène pour que Ménéhiade se sente à l'aise avec le texte, sans avoir besoin de l'apprendre. River a proposé une mise en scène qui lui permettait de souffler son texte à l'oreille de Ménéhiade. Au départ, elles devaient être jumelles, mais elles sont devenues siamoises pour que leur proximité durant toute la scène ne semble bizarre à personne. Ménéhiade l'a reproché plusieurs fois à River. C'était lourd d'être collée à elle, « à toi qui pues quand même un peu », elle a dit, mais River savait que c'était une plaisanterie, une plaisanterie d'amie, rien de plus. Quand le public les a applaudies et que la prof, le lundi suivant, a salué leur prestation hors du commun, River a regardé vers Ménéhiade, bien dans les yeux contrairement à son habitude de regarder un peu partout à la fois, ou loin, très loin dans le vide. Elle espérait y apercevoir une sorte de connivence, ou mieux, y glaner un remerciement. Ménéhiade n'a pas répondu au regard, elle est passée à autre chose. Et River, quand elle a vu que Ménéhiade ne cherchait plus à entrer en contact avec elle, n'en a pas été plus affectée que ça. Elle n'y a pas vu tout le mal que maman a quand même tenu à exprimer, à « faire sortir », chez Mme Proutsheur. River s'est défendue de ressentir quoi que ce soit de négatif à l'égard de Ménéhiade. Elle a promis que tout allait bien et que la déception amicale évoquée par maman n'était rien. Et quand elle en a eu assez qu'on la pousse à promettre, River a dessiné quelque chose de très gai : des personnages les bras tendus vers le ciel, des maisons roses, sauf que les bouches des princesses étaient en forme de O, de grands trous vides. Elle a essayé d'expliquer que c'étaient des bouches bées, émerveillées, mais personne ne l'a crue.

Après, maman a eu à cœur de lui trouver une vraie amie, une amie pour la vie comme on en rêve toutes. C'est ainsi que Marie-Jess est entrée dans nos vies. Et maman, on a beau l'adorer, on n'aime pas trop quand elle se mêle de nos amitiés.

. 6

«En lambeaux, mais pourquoi ?» a demandé maman. River a expliqué que des oiseaux s'étaient battus, toutes griffes dehors. «Un vrai pugilat», a-t-elle soupiré, son Coalgan sous le nez. Papa a voulu lui montrer comment stopper un saignement de nez, il lui a fait incliner la tête en avant, puis en arrière, mais maman a hurlé, alors River a finalement gardé sa tête bien droite, et le sang a continué à couler sur les bras de maman, comme elle voulait. Pour maman, il est essentiel de se situer au cœur du ring. Pour expliquer son saignement de nez, River a évoqué une chute, puis un choc contre quelqu'un, et quand on l'a reprise sur sa double version, elle a tranché. Voulant fuir les oiseaux fous, elle a embarqué la nappe et pris ses jambes à son cou. Elle a donc percuté une personne, de plein fouet, une personne de grande taille qui avait le dos très dur, si dur que le choc de son nez contre le dos de la personne a été terrible. Et River en a ri, comme elle fait toujours pour qu'on cesse de la questionner.

La nuit, elle a fait attention de ne pas dormir pour ne pas crier. On a parlé toutes les deux. Je lui ai dit de ne jamais plus s'approcher d'Alanka et des trois T, d'éviter les toilettes au collège, de se placer au premier rang pendant les cours. On a balisé ses trajets. Celui du matin, entre la porte d'entrée du collège et l'heure de la sonnerie où on peut monter dans les classes. Et surtout, il ne faut plus qu'elle arrive en avance. Ces moments de présence, seule dans la cour, sont pour Alanka et sa bande une possibilité de l'attaquer. L'idée phare est qu'ils ne puissent plus approcher River. Et s'ils téléphonent ? « Ils n'ont pas mon numéro », répète-t-elle. Mais moi, j'essaye de lui expliquer le plus doucement possible qu'ils l'ont déjà appelée, sous un faux nom, sauf qu'elle ne veut pas se souvenir. Elle dit : « Mathieu ? Mathieu m'a appelée ? Non, je ne vois pas… » Souvent, River chasse les choses de sa tête pour les chasser de sa vie. Marie-Jess fait ainsi partie des oublis. Croit-on.

Quand maman a décidé que River devait à tout prix avoir une amie, elle a cherché, parmi ses propres connaissances, qui avait des enfants de l'âge de River. À l'époque, River avait onze ans. Marie-Jess en avait dix. C'était la fille de Marie-Do, une collègue.

Maman qui n'avait pas souhaité, évidemment, demander l'aumône, c'est-à-dire oser une phrase du genre « aidez-moi, ma fille est bizarre, du coup elle n'a pas d'amie et j'aimerais vraiment lui donner la chance d'en rencontrer une », a cuisiné Marie-Do sur les goûts de sa fille. Quand celle-ci a eu fini de lui déverser tout ce que savait faire Marie-Jess et son goût immodéré pour le roller, maman a dit que justement, nous allions très souvent au parc de la piste, le week-end, pour pique-niquer en famille au bord de la Drole. Nous n'y avons évidemment jamais mis les pieds puisque personne ne patine chez nous et que papa accepte de pique-niquer exclusivement l'été, et seulement en pleine nature. Qu'importe, Marie-Do a accepté l'invitation à pique-niquer de maman qui l'a appâtée en lui disant qu'elle préparait toujours trop et qu'il suffisait qu'elle se pointe les mains vides, accompagnée de qui elle voulait. Coup de pot, c'est avec Marie-Jess qu'elle est venue. Cela faisait deux heures qu'on plaisantait avec papa en disant que si elle venait avec son mari, on était mal. Mais maman prenait son petit air mystérieux, gardant pour elle une information très précieuse : Marie-Jess n'avait pas de père.

Au début, ça allait. River ne patinait pas, n'avait jamais patiné, et mieux, n'avait pas de patins, et maman a baragouiné quelque chose sur le fait qu'elles avaient dû mal se comprendre, Marie-Do et elle. On ne venait pas au parc de la piste pour le roller mais pour ce très bel arbre, si rare, a-t-elle complété en hochant la tête et en la levant vers le pauvre marronnier qui nous toisait modestement du haut de son mètre soixante. « Si vous saviez les jolis marrons qu'il fait l'automne venu ! » Marie-Jess a regardé maman avec intérêt. Elle n'a pas semblé heurtée par la banalité du propos. C'est plus tard qu'elle a tout ressorti contre maman. Au parc, ça allait encore. River a suivi Marie-Jess vers la piste, contente d'avoir une amie, essayant déjà de lui prendre la main mais se retenant à cause des thérapeutes qui assaillent souvent sa pensée. Leurs conseils lui reviennent à l'esprit : « Ne saute pas sur tes amies, River, laisse-leur un peu d'air pour te respirer. Si tu les étouffes, elles ne te donneront pas le meilleur d'elles-mêmes. » Alors River avait envie de sauter de joie, de montrer à tous sa nouvelle amie, de la materner comme une amie d'un an de moins, mais elle s'est retenue. Sauf pour lui dire qu'elle était belle. Ça, elle l'a répété plusieurs fois. Et surtout plusieurs fois de trop. Je lui donnais des coups de coude pour qu'elle arrête. En plus, objectivement, Marie-Jess était carrément moche. Mais moche dehors, on a le droit. C'est moche dedans qui est vraiment terrible. Marie-Jess n'a pas montré son dedans le premier jour. Elle a fait du roller, recevant les compliments de River avec un sourire pincé qui la rendait encore plus laide. River courait derrière elle, sur la piste, sans roulettes mais avec un excellent souffle. Plus elle courait vite, plus Marie-Jess roulait fort. On aurait dit qu'elle voulait la semer, alors j'ai soufflé à River de courir moins vite, d'aller à son rythme, de retourner peut-être s'asseoir au pied du marronnier, mais elle m'a ignorée. Je suis souvent assez négative, j'ai tendance à plomber l'ambiance quand j'y vois très clair et pas elle. Alors elle m'a envoyée aux pelotes. J'ai retrouvé mes amies, qui sont tellement sympas qu'elles rendent n'importe quel bord de Drole paradisiaque. Nous, on est vraiment une bande de copines. Papa et maman n'ont aucun souci à se faire. Il n'y a ni méchanceté ni raillerie entre nous, ou bien elles se réparent comme elles s'expriment. Chacune y met du sien. Si on se querelle, on se pardonne. Il arrive qu'on dise du mal de l'une d'entre nous mais ça tourne. On ne se concentre pas longtemps sur la même. Et surtout, on s'aime. On l'écrit sur nos sacs à dos. C'est le rêve.

À Marie-Jess, River donnait de l'amitié, voire de l'amour, et en tout cas de sa personne. Et puis un jour, Marie-Jess l'a invitée chez elle. River était si contente à l'idée de cette journée qu'elle a apporté à Marie-Jess des objets personnels qu'elle aimait le plus au monde. Elle lui a offert son pull à étoiles et sa guitare slide. Avant de partir, maman lui a demandé si elle était vraiment sûre pour la guitare. Un cadeau de grand-mère Hugues que River avait vraiment espéré même si, de notre côté, on espérait plutôt qu'elle se lasse, d'autant que le prof de guitare avait dit, comme la prof de solfège ou de tam-tam, qu'il y avait peu de chances que River suive une carrière pro. C'était une manière délicate de dire que l'oreille ne viendrait jamais. River avait découvert la guitare slide dans une vitrine, elle l'avait souvent réclamée, hésitant avec l'autre instrument de la vitrine, rectangulaire, et plus massif, mais le vendeur lui avait expliqué que c'était un baffle. Elle avait demandé s'il serait possible d'en jouer pour essayer, et maman avait pris son air normal quoiqu'un brin gêné pour lui expliquer qu'on ne jouait pas du baffle. On avait donc acheté la guitare slide. River n'a pas laissé son instrument de côté. Elle a vraiment travaillé. À sa manière. Neuf heures par jour, de préférence le soir entre vingt et une heures et six heures du matin. Alors cette guitare est aussi devenue un problème.

Souvent le son de la guitare slide lui revient en mémoire. Quand River était sur la nappe et faisait l'effort d'oublier Alanka et les trois T, quand elle était au cœur de la mêlée, elle a beaucoup pensé à son discours pour l'anniversaire de papa. Elle a procédé par couleur. Elle en était à l'argent, l'argent bien brillant du manche de la guitare slide, quand le rouge est sorti de son nez.

. 7

« Un papa, c'est deux bras » a fait pleurer maman. Grand-mère Pa a tiqué quand River a buté sur le chiffre quarante-cinq. Elle a dit « quarancinq » pour rappeler « Carensac », les bonbons préférés de papa. C'était voulu dans le discours. Mais grand-mère Pa n'a pas compris l'allusion. Elle a cru que River prononçait mal, ou pire qu'elle ne donnait pas de sens à ce qu'elle lisait. Elle a noté quelque chose sur un calepin. Sûrement de penser à chercher un jeu éducatif adapté, en cas de mauvaise prononciation ou d'avalage de syllabe. Papa a souri pendant tout le discours de River, même quand elle a évoqué sa couleur jaune de faux soleil, qui se force parfois, quand il a envie de pleuvoir mais qu'il se retient. Elle a parlé de son violet, autour du noir de son œil, un violet comme de l'iris, et c'était compliqué comme image mais pas tant que ça. Et puis le rouge est monté, de pair avec l'amour pour son papa. Quand même. Plusieurs « quand même », un peu lourds peut-être, mais pas méchants non plus. C'était pour dire que papa était « quand même » gentil malgré ses impatiences, quand même beau, malgré ses petites fatigues, quand même bizarre, malgré son air normal. On a tous applaudi River, et moi, après elle, j'ai fait beaucoup moins bien. J'ai même fait exprès de sauter des lignes en lisant mon petit compliment. Je me suis dit que papa le lirait après, en entier, mais sur le moment, je ne voulais pas risquer de rabaisser River.

Rabaisser River, c'est ce qu'a fait Marie-Jess sans que River s'en aperçoive le jour où celle-ci lui a offert son pull et sa guitare préférés. Marie-Jess a remercié pour le pull, puis l'a enfilé sur la guitare, comme si elle voulait en recouvrir les cordes. Évidemment, le pull a craqué, à cause de la largeur de la guitare, alors Marie-Jess a dit « oh », un long « oh » soi-disant désespéré. Elle a retiré le pull en le traitant de « camelote », et plus le pull s'étirait, résistant à son violent arrachage, plus Marie-Jess le traitait de camelote. Une fois arraché à la guitare, le pull a été piétiné. Marie-Jess a sauté dessus, avant de demander à River de le ramasser, prétextant ressentir trop de déception, peut-être même de peine, pour le faire elle-même. Bien sûr, River a ramassé le pull et essayé de le reconstituer à peu près. « Laisse tomber, jette-le », lui a demandé Marie-Jess. Et River l'a jeté sans hésiter, dans la jolie poubelle en carton lavable de Marie-Jess. Elle n'a même pas ressenti de dépit à l'idée que son pull préféré ait eu une vie si courte. Marie-Jess jouait sur la guitare. Si fort qu'une corde a sauté. Puis deux. Alors elle a dit « camelote » et là, River a revu l'image de grand-mère Hugues et de son porte-monnaie en forme de tranche de pastèque. Elle a pensé à grand-mère Hugues cassant sa tirelire pour offrir à sa petite-fille chérie de quoi exprimer sa musique, et elle n'a pas supporté le mot « camelote ». Jusque-là, River l'avait à peine entendu. Mais sur sa guitare, on ne pouvait pas jouer un mot pareil, alors River a dit non, en boucle, avant de se calmer toute seule, en se rappelant qu'une amie pour la vie, on ne s'en fait pas une nouvelle chaque jour. Elle a donc regardé Marie-Jess dévisser les cordes puis les couper, pour « faire des bracelets ». River serrait ses joues entre ses dents. Elle était quand même contente de parvenir à ne pas exploser, courbée sur la feuille à dessin que lui avait consentie Marie-Jess. Cette victoire sur elle-même, elle la devait en partie à Mme Proutsheur qui l'avait aidée à faire son bonhomme de chemin. D'ailleurs, quand River dessine un chemin, il a une forme de bonhomme. Avec de longs bras à plusieurs coudes. Et Marie-Jess, voyant cela, a dit à River qu'elle avait des coudes au cerveau. River sait que lorsqu'on mentionne son cerveau, ce n'est jamais bon, mais elle n'a rien dit, elle a repris son rire total, et plus elle s'esclaffait, plus elle sentait sa trachée et son œsophage, ses poumons, son estomac se couper en deux. Pour se divertir, elle s'est posé la question des suites médicales. Peut-on vivre avec des poumons fracturés? A-t-on déjà assisté au rétablissement spontané d'un organe coupé en deux?

Marie-Jess, non encore satisfaite de ses méchancetés en chaîne, a poursuivi. Alors le cerveau de River a pris un drôle de chemin, peut-être un coude en effet. Elle a regardé autour d'elle et deviné les objets préférés de Marie-Jess. Ils n'étaient pas difficiles à trouver, et tous plutôt situés en hauteur dans une vitrine. Alors quand Marie-Jess a évoqué maman dont «tout le monde se moque au bureau parce qu'elle oublie parfois de se coiffer et arrive avec sa pince à brushing dans le chignon», River a senti quelque chose, pas comme un organe déchiré, plutôt un cri qui se recoud, point par point, au fil de plomb.

«Ta mère, elle fait rigoler tout le monde au bureau, il y a même une fois où elle est arrivée avec de la crème mal étalée sur l'oreille! Elle est déglinguée, non? Il paraît que le boss a marmonné qu'il n'avait pas embauché une souillon, et ma mère a très bien entendu qu'il regrettait de l'avoir embauchée d'ailleurs. » Ta mère. Et ta mère. Et pendant que Marie-Jess déblatérait sur maman, River a pensé aux matins où maman se débarbouille à la hâte dans le reflet de la théière pour ne pas interrompre qui que ce soit dans la salle de bains. Elle a repensé aux matins où maman s'enfonce sa brosse de mascara dans l'œil parce qu'elle se maquille dans son rétroviseur, toujours pour la même raison : ne pas gêner ceux qui veulent utiliser la salle de bains, ne pas ignorer la pudeur d'une jeune fille en devenir. Se débrouiller avec les moyens du bord, sans gêner les autres. River avait toutes ces belles images de maman dans les yeux quand Marie-Jess lui a raconté que maman n'était pas désirée à la table de certains autres à la cantine, parce qu'elle parlait trop vite, qu'elle était saoulante certains jours, à chercher des camarades de jeu pour sa fille ! « On dit que ton père a sûrement sa vie à côté… elle se laisse drôlement aller ta mère ! Elle a pris au moins dix kilos l'année dernière. Une femme comme ma mère, a dit Marie-Jess, c'est quand même un autre niveau. Et puis ta mère, elle parle que de toi, et en plus, elle a obligé ma mère à ce qu'on devienne amies. » River n'a plus rien entendu que le bruit infime du fil qui recousait son cri et, quand elle l'a poussé, pour le planter dans les oreilles de Marie-Jess, c'était pire que des cordes de guitare qui pètent en plein concert. Alors, River, comme si elle était en concert, a récupéré sa guitare, et plus elle a frappé avec sur la vitrine, plus elle a pensé à grand-mère Hugues qui avait cassé sa tirelire pour l'acheter. Alors elle a tapé plus fort, même si les vitres avaient déjà explosé. Elle a cogné dans la collection de petits animaux en verre et en porcelaine, et dans la collection de flacons de parfum. Marie-Jess est sortie de sa chambre en hurlant mais sa mère était partie faire les commissions, alors River l'a coursée dans l'appartement, la guitare à la main. Heureusement, l'image de Mme Proutsheur s'est interposée. Et une parole aussi. Mme Proutsheur a parlé dans la tête de River, elle a dit : « River, il arrive de croiser des gens méchants ou malfaisants. C'est décevant, mais si cela t'arrive, fuis-les. Si tu te bats, tu auras toujours tort. Ne te laisse pas faire. Le mieux, pour les empêcher de mal faire, est de t'en aller. »

River a emporté ses débris de guitare, son pull en loques, ses deux trésors préférés, et elle est rentrée à la maison. Étonnée de la voir arriver si tôt, maman l'a questionnée. Et River n'a pas trop parlé. Elle n'est pas du genre à mentir. Elle a dit ne pas souhaiter revoir Marie-Jess. « Plus jamais, d'accord ? » Maman a regardé papa qui a baissé les yeux vers sa maquette de bateau. *Un bateau pour partir?* s'est demandé River. Maman a posé beaucoup de questions. Elle a anticipé les réponses que River ne donnait pas. Elle n'a pas résisté à l'envie d'appeler Marie-Do. Pour la remercier, a-t-elle expliqué, quand papa a relevé le nez de son bateau qui ressemblait de plus en plus à un avion.

Quand maman a raccroché, elle avait les yeux défaits mais la bouche souriante. Elle est capable de réaliser la même chose en pleurant. Yeux pleins de larmes et bouche qui sourit. Ne jamais accepter de tomber dans le drame est sa devise. Une collègue du bureau vient de lui hurler dessus au téléphone parce que sa fille a tout cassé dans la chambre de sa propre fille? Pas de problème. Pas de drame. «On paiera, a dit maman à papa. Une vitrine de merde en plus!» a-t-elle ajouté, avant de se reprendre à propos du gros mot. «Je voulais dire que cette vitrine était sans nul doute vieille et moche et qu'ils vont s'en tirer, grâce à nous, avec une vitrine flambant neuve.» River regardait ses mains qu'elle ne pouvait plus cacher dans son pull, elle regardait ses mains qu'elle ne pouvait plus agiter sur sa guitare. Elle regardait ses mains vides, avec la certitude, même passagère qu'aucune petite main d'aucune amie ne viendrait plus se glisser dans la sienne. Elle regardait ses mains vides, priant de pouvoir un jour les remplir avec un animal. Peut-être un bébé chien. Mais les parents voudraient-ils d'un chien, après ce que River avait fait au lapin ?

. 8

Grand-mère Pa a demandé à River de lui donner le discours lu à papa. Elle l'a appelé un « compliment ». Avec River, on a éclaté de rire. C'est rare quand on rit au même moment de la même chose. Souvent, elle se demande pourquoi je ris et moi, je l'envie de rire pour quelque chose de gai, et surtout je l'admire de savoir rire au bon moment. Elle est libre. Les termes désuets que grand-mère Pa emploie nous enchantent. Qu'il s'appelle discours, texte ou compliment, peu lui importe, sa requête est très sérieuse. Elle tient à montrer le discours de River à des experts pour savoir qu'en penser. Tant de maturité, dit-elle, mais aussi de la violence, soupçonne-t-elle. Grand-mère Hugues a beau la calmer, lui conseiller de ne pas couper les cheveux en quatre, grand-mère Pa s'entête. Elle agace tout le monde avec son obsession de « faire avancer » River. Et maman, fière du discours que River a lu à papa, n'a aucune envie qu'on lui parle d'évaluation et encore moins d'évolution. Notre père, idem. Il est très content de sa fête et de la surprise que lui a faite maman en invitant Denis et Didier, ses copains qu'il voit moins depuis qu'on évite les week-ends en bandes d'amis, c'est-à-dire depuis que River entre à vélo dans les salons. Depuis qu'elle se ressert dans les plats avec les doigts. Depuis qu'elle refuse de dormir dans la chambre d'autres enfants parce qu'elle les trouve « contagieux ». En résumé, mais est-il besoin de le préciser, depuis que River rend impossibles les week-ends chez les amis.

Denis et Didier sont venus seuls à l'anniversaire de papa. Vanessa et Inès, leurs femmes, ont prétexté un empêchement. Mais nous, on n'est pas idiots. On sait très bien que la compagnie de River, même chez nous, est gênante pour certains. Vanessa et Inès n'ont jamais aimé que River côtoie leurs enfants normaux. Elles m'aimaient bien, moi, mais par solidarité pour River, je n'ai jamais vraiment souhaité lier une amitié avec leurs filles. Ma sœur a un côté toc-toc, mais elle n'est au fond ni tordue ni méchante. Elle est maladroite et bizarre. Point final. Là, en famille, à l'anniversaire de papa, quand elle passe les plats que maman a préparés, vêtue de sa minijupe en jeans et de son top bras nus de fête, elle est super. Si je ne connaissais pas son visage, je penserais même qu'elle va bien. Sauf que je sais qu'elle pense à lundi. Les tics clignotent allègrement entre ses yeux et sa bouche. Demain, dimanche, est un jour de rabe avant son retour au collège. Elle me regardera mettre des paniers de basket. Presque joyeuse à chaque fois que je marquerai, puis de nouveau soucieuse et accablée. Alanka et les trois T vont l'attendre, elle le sait. Alors elle hésite à prendre du jus d'orange, de peur d'avoir envie de faire pipi dans deux jours et d'aller aux toilettes, dans la cour, à l'heure où Alanka et les trois T la guetteront pour l'embêter. En attendant, elle fait le service. Denis et Didier compensent la nullité de leurs femmes en lui posant plein de questions. Elle recule quand ils rient. Leurs rires forts lui font penser à ceux d'Alanka et des trois T. Ils se regardent, ils pensent que leurs femmes ont raison et que ça ne doit pas être facile d'être parents d'une enfant aussi toc-toc. Ils passent à autre chose, ils reparleront d'elle en partageant la voiture de Denis pour rentrer.

Maman baisse la musique. Il n'y a pas assez d'amis pour danser, mais la musique trop forte, pour parler, c'est compliqué. Grand-mère Pa s'est déjà bouché les oreilles plusieurs fois pour manifester son mécontentement. On est habitués, on n'y peut rien. River n'a pas très envie de rire de ça avec les autres. Elle pense à ce qui s'est passé au parc, à la nappe déchirée, à sa fuite en courant, aux rires des garçons derrière elle. Si elle les dénombre, elle se rend compte que l'un d'eux ne riait pas, il restait de marbre, bien plus sérieux que les autres. Il n'avait pas envie de mettre de joie dans sa violence. C'était comme s'il y goûtait vraiment, comme s'il se rendait compte qu'il prenait du plaisir à être méchant, mais pas pour en rire avec ses copains, juste pour lui. Du plaisir à faire du mal. River se creuse la tête pour trouver lequel des quatre. Alanka ? On l'interrompt pour le gâteau. À nous de l'allumer et de l'apporter à papa. On file dans la cuisine avec maman, et River se force à rire pour ne pas gâcher la fête. Elle sait qu'on compte sur elle. Mais le téléphone sonne, alors qu'il est déjà tard, et papa décroche, certain que c'est un ami qui n'a pas pu venir à sa fête. Il fronce les sourcils, puis sourit, puis appelle River pour lui tendre le combiné :

– C'est Mathieu.

Papa le dit plus fort parce que River a froncé les sourcils. Elle tient le gâteau – ça se voit pas ? – ce n'est pas le moment de lui demander de répondre au téléphone. Papa insiste et River finit par lâcher le gâteau.

Il y a un grand silence que les invités rompent, chacun à sa manière. L'un s'exclamant qu'un peu de régime lui fera le plus grand bien ; l'autre se félicitant d'avoir préparé la charlotte préférée de papa qu'on va, de fait, servir aussi. Maman ne regarde pas grand-mère Pa comme elle le fait parfois, quand elle la trouve si pénible de tout ramener à elle. Oui, d'ailleurs, cette charlotte, même papa ne peut plus la voir, il a évolué depuis ses huit ans et il n'aime plus les gâteaux aux fruits, surtout rouges. Non, maman ne regarde personne, juste le gâteau écrasé par terre avec le plat posé dessus en chapeau et elle dit :

– Prenez une photo ! C'est quand même marrant qu'une bougie soit encore plantée, droite et allumée ! Allez, souffle, chéri !

Papa, le téléphone toujours tendu vers River, ne bouge pas. Il répète juste :

– C'est Mathieu, River.

River se sent obligée d'obtempérer. Elle prend le téléphone contre son oreille pendant qu'on s'agite autour. Moi, je vais chercher la balayette et une pelle. Maman fait comme d'habitude, sans relever le moindre problème. River a fait tomber le gâteau d'anniversaire de son père avant de le poser sur la table, et alors ? La belle affaire ! « Des gâteaux, de toute façon, on en mange trop ! »

Je ramasse, et plus personne ne fait attention à River, son combiné à l'oreille, qui ne parle pas, qui ne répond rien, mais écoute Mathieu à l'autre bout.

– C'est Alanka, River. Je suis désolé pour tout à l'heure. Je te fais la promesse que ça ne se reproduira plus. On s'est très mal comportés avec toi. Je voulais m'excuser, c'est nul. Tu ne nous en veux pas trop ? Lundi, ce sera différent, je te le jure. On reste amis, tu veux bien ?

Amis ? River se demande ce qu'ami veut dire, si on peut être ami avec quelqu'un si facilement et si ça ne demande pas davantage d'élan puis de devoirs envers l'autre.

– Tu me pardonnes ? reprend Alanka. Dis quelque chose River !

River finit par dire oui. Elle ajoute « pas de problème ». Elle aide même Alanka à raisonner, puisqu'elle lui dit :

– C'était pour rigoler, vous ne pensiez pas me blesser, je le sais.

Alanka la félicite, il juge que c'est très bien, vraiment très généreux de sa part, qu'il ne s'attend pas à autre chose venant d'elle. Quand River raccroche, l'épisode du gâteau est passé et la fête se poursuit. Alors, à un moment, elle me rejoint dans la chambre. Elle a besoin de parler d'Alanka. J'aimerais croire moi aussi à son mea culpa.

On passe un dimanche exceptionnel, avec papa qui se remet de la fête sans avoir la tête ailleurs. Il est vraiment avec nous, et nous allons au cinéma.

Maman semble contente et River ne rigole pas à contre-courant des autres. Après, elle m'avoue qu'elle n'a rien suivi du film ; elle est trop inquiète à l'idée du lundi. « Je plais en tant qu'ennemie, me dit-elle, alors c'est bizarre d'imaginer que ces garçons vont m'apprécier comme amie, tu ne trouves pas ? »

D'un coup, je pense comme elle. Mais je lui dis le contraire. Je lui promets que lundi tout se passera bien, qu'elle n'a rien à craindre, qu'Alanka a téléphoné pour le dire et qu'une parole donnée est une parole donnée.

. 9

Pourquoi a-t-il choisi Mathieu? s'est demandé River. Pourquoi un prénom doux pour une si mauvaise blague? Sans doute qu'Alanka sonne un peu trop brutal pour favoriser la confiance. Il le sait, le pauvre. Il sait que son prénom entraîne des questions. Peut-être pas des moqueries parce qu'Alanka n'est pas quelqu'un dont on ose se moquer. River ne voit pas qui s'aviserait de faire une chose pareille. Un jour, elle a remarqué un grand qui le regardait, quelques regards insistants à la sortie des cours. Ça n'a pas traîné. Alanka s'est aussitôt approché de lui pour lui demander «t'as un problème?» et le grand n'a pas détourné les yeux. Il a répondu quelque chose que River a mal entendu mais qui a poussé Alanka à avancer encore un peu vers lui. River a commenté la scène à haute voix. «Il va l'embrasser ou quoi?» Et sa réflexion a amusé Olga, son ancienne amie.

« Du CP », dit maman. Mais pour River, Olga et elle sont restées amies plus longtemps. Au moins jusqu'à l'entrée en sixième. River peut même dire le jour où l'amitié a pris fin. Le jour où Diane a fait son apparition et décrété qu'elle voulait Olga dans sa bande, mais pas River. Trop zarbi. Trop strange. Tarée pas cool.

Avec Olga, les relations étaient simples. Il y avait les jours avec et les jours sans. Dans la tête de River, les jours « sans » s'écrivent avec un *g*. C'est le « sang » de la discorde. Elle a peur que la paix ne revienne pas. Avec Olga, la paix revenait toujours. Il n'y avait pas de querelles à proprement parler mais plutôt des vides. Olga trouvait d'autres amies, elle semblait les préférer, et River, loin de ressentir de la jalousie, souffrait plutôt d'une sorte de manque, alors elle collait Olga, sans rien lui demander de spécial. Elle la laissait faire sa vie. Elle avait juste besoin de l'entendre parler, même à d'autres. Un jour, avec l'apparition de Diane au collège, Olga a dit à River qu'elle était trop là, et pire, qu'elle avait une façon d'être là qui rendait les choses compliquées avec ses nouvelles amies. « Donc tu t'en vas, c'est tout, tu dois me laisser. » Et River a promis de la laisser, mais elle n'a pas bougé pour autant. Par exemple, elle s'arrangeait pour arriver au réfectoire avant le groupe et s'asseoir là où elle supposait qu'il allait s'asseoir, les groupes procédant par espaces bien déterminés au moment du déjeuner. Les filles du groupe de Diane, Olga incluse, voyant River déjà assise à « leur » place, l'air de rien, le regard vers la fenêtre, ont soupiré.

Un groupe qui soupire, c'est comme un orage. En montagne, l'orage s'annonce avec un fort bruit d'abeilles. Dans un réfectoire, l'orage s'annonce avec des soupirs de connivence, des haussements d'épaules, des rires toniques et brefs, comme de grosses baffes. Diane, Olga et trois autres filles ont fait demi-tour et se sont installées à l'autre bout du réfectoire, à la place que personne ne prend d'ordinaire car elle est à côté de la porte et du courant d'air. Plus tard dans l'après-midi, Olga a été chargée de dire à River que sa présence à la table de la fenêtre était désormais intolérable. Elle a prononcé ce mot « intolérable » après en avoir cherché d'autres, plus méchants, plus violents, après avoir écouté les mots suggérés par Diane, dont un « insupportable », et elle a préféré « intolérable ». « Plus sympa, a-t-elle dit à River, que tout ce que les autres veulent que je te dise. » River a rejoint la table du fond, et le courant d'air. Depuis, elle s'y tient. Et elle s'adresse au courant d'air, elle l'insulte, parce qu'il contient tous ses ennemis, même Marie-Jess.

Ce courant d'air giflant son visage contenait aussi Alanka et la bande des trois T, mais River est contente, ce lundi midi, de noter qu'Alanka ne fait plus partie du courant d'air. Ce matin, il ne lui a pas parlé, juste adressé un petit signe de la main et un sourire, deux gestes qu'elle lui a rendus gauchement, sa main devant son sourire parce qu'elle a honte de sa dent de devant. En retour, rien d'autre qu'un nouveau signe de la part d'Alanka. Comme un salut militaire. À midi, il se détourne, file vers ses amis. Les trois T ne regardent pas River qui, sentant pas mal de légèreté la gagner, constate qu'elle n'a besoin de personne. Même pas d'Olga, qui ressemble de plus en plus à Diane. Elles se coiffent pareil, s'habillent pareil, marchent pareil. River trouve ça bizarre, intrigant peut-être, mais ça ne l'intéresse pas plus que ça. Ce qui lui plaît, c'est l'idée d'avoir gym sans avoir peur. Avant, Alanka et la bande des trois T l'embêtaient. Aujourd'hui, ils vont la laisser tranquille. Mme Paci, la prof de sport qui parle à River comme si elle était sourde, articulant au maximum, a toujours pensé faire son bien en s'occupant d'elle différemment des autres. À force d'attentions personnalisées, le cours de gym est celui où River est le plus moquée. Son absence de peur du danger la pousse à quelques exploits qui font rigoler la classe mais donnent raison à ceux qui la jugent complètement timbrée.

Le Fosbury est un saut en hauteur que l'on pratique en prenant de l'élan puis en sautant en arrière.

On se récupère à la fin du saut sur un gros tapis. River est tout excitée à l'idée des cascades en vue. Cette discipline est à son goût. Puisqu'elle n'a plus d'ennemis, elle prend sa place dans la file en toute sérénité – ou presque – et regarde la prof faire une démonstration. Comme d'habitude, Mme Paci fait la démonstration sans montrer et demande son aide à Marina, qui sait réaliser toutes les figures, tête en bas, jambes en l'air. Elle explique qu'elle a appris à faire la roue à trois ans. Ses réflexions sont parfois aussi décalées que celles de River alors River a tenté de s'en faire une amie mais Marina a décliné. Trop zarbi. River s'est fait une raison. Même si elle rêve d'avoir comme moi des amies gentilles, elle sait que son zarbi impose de la patience.

Et puis elle a maman. Ouf. Maman. C'est bizarre qu'elle pense à maman pendant qu'elle fait la queue pour son saut en fosbury. Elle imagine maman à plusieurs endroits dans la salle de gym. Et généralement, River imagine maman quand elle a peur de quelque chose. Je le sais parce qu'elle me recommande de le faire, moi aussi, quand j'ai des problèmes. Il ne faut pas croire que je n'ai pas de problème. Je souffre de pas mal de contrariétés. Mon intelligence, ma gentillesse, ma beauté, oui, on sait tout cela, mais il arrive, même aux enfants les plus réussis, de se heurter à un drame personnel. J'ai déjà eu à subir des tracas et River a raison : maman a toujours su m'en sortir, même en ignorant de quoi il s'agissait. Je n'ai jamais voulu l'accabler en lui racontant mes soucis. Elle a déjà River. River et ses « problèmes d'être » comme l'a résumé grand-mère Pa l'autre fois, qui a aussi dit qu'il n'existait aucun jeu éducatif pour améliorer ce genre de troubles. En revanche, peut-être une structure ? Au mot « structure », maman a bondi et papa aussi, sous l'impulsion du canapé. Mais ils n'ont rien dit. Ils se sont contentés de penser. Ils ont sans doute discuté après, le soir, dans leur lit, quand River et moi en discutions aussi de notre côté, surtout elle, me demandant de ne pas en vouloir à grand-mère Pa, parce que c'est assez normal d'avoir du mal à comprendre certaines attitudes de River.

Penser à maman dans le rang, avant le saut en fosbury, est très encourageant. River voit maman dans notre chambre, ramasser patiemment ses piles de livres et les placer comme elle peut pour ranger sans saccager. River voit maman assise dans le salon, jouant à un jeu de société avec moi. River voit maman lui offrir son joli bracelet d'ambre, avec « une bête à l'intérieur », elle voit maman dormir dans le gros fauteuil, les jambes sur un accoudoir, le coussin rouge sur son ventre. River voit maman devenir une luciole et se percher au-dessus du fil de fosbury, point lumineux à fixer, puis à rejoindre pour réussir le saut. C'est à elle de jouer. Elle amorce sa course, prend l'impulsion et saute, à l'envers, retombant comme les autres sur le tapis épais. Elle se relève, contente d'avoir réussi, satisfaite du bravo de Mme Paci, et elle rejoint la file comme si de rien n'était. Elle se dit que personne ne doit remarquer à quel point elle est contente d'avoir réussi. Il faut que ça reste un non-événement. Pourtant, Alanka s'est déjà retourné trois fois vers elle, et son sourire était variant. « Variant », c'est quand on ne sait pas à quoi se fier, quand on se demande si on a raison d'être presque sûre que tout va mieux au collège, si elle a raison de penser qu'elle n'a plus d'ennemi, puisqu'Alanka lui a demandé pardon. Pardon au nom de Mathieu qui, de toute façon, n'existait pas.

C'est le moment du second saut. Certains échouent, certains réussissent. Tout le monde est concentré donc la prof a l'air contente. Elle est même si contente qu'elle lâche les élèves avant la sonnerie. Quatre minutes supplémentaires de bavardage, déclare-t-elle. On se rue dans les vestiaires. River sent un coup d'épaule, un fort coup d'épaule, c'est ce coup qu'elle va me raconter ce soir, quand maman aura soigné son œil et papa tenté d'appeler le proviseur. Elle sent un fort coup d'épaule qui la propulse contre le mur où, par chance ou par malchance, elle est réceptionnée par un portemanteau, ni rond ni mou, un portemanteau dur, qu'elle prend sous l'œil. Voyant River porter la main à son œil et ne pas l'en décoller, Alanka s'approche d'elle, et s'excuse. Lui qui avait promis ! Il lui saisit l'épaule, il lui demande si ça va, et les trois T, à leur tour, pressent l'épaule de River pour savoir comment elle se sent. Ils ont une façon bizarre de presser, une manière un peu forte d'infliger de la sympathie. Mais River, d'un œil, se fie au sourire d'Alanka, d'autant qu'elle croit apercevoir maman, comme une petite luciole bien allumée au-dessus de sa tête. Donc tout va bien. Maman ne pourrait pas se percher ainsi sur Alanka si elle avait décelé en lui quoi que ce soit de négatif. Elle ne pourrait pas être à l'aise au-dessus d'une tête remplie de mauvaises pensées, donc tout est bon signe, rien ne va mal, rien ne cloche. En d'autres termes, tout va bien. Même quand les trois T reproduisent le geste d'Alanka et que, trois fois de suite, River rebondit contre le portemanteau. Heureusement, sa main plaquée sur son œil reçoit les trois chocs, donc rien de grave. Juste une main qui cogne un portemanteau.

– Pas de quoi en faire toute une histoire, lance River à Olga quand celle-ci, par fidélité à leur amitié passée, s'interpose.

– Eh, les gars ! Laissez River tranquille.

Diane, passive, ne s'interpose pas. Elle noue ses

Converse roses, aussi neuves et propres que celles d'Olga. River enfile ses chaussures à la hâte. Elle sait que, même pour rigoler, rester dans un vestiaire avec des gens agités est dangereux. Elle a envie de me voir, je suis sans doute dans la cour, en pause. Je le sens quand elle a besoin de moi. Je sais qu'après la gym, il n'est pas inutile de l'attendre. On n'est pas obligées de se parler mais un regard parfois, juste ça, et River repart rassurée.

. 10

Mathieu. River n'en démord pas. C'est Mathieu qui, sans le faire exprès, l'a heurtée, alors elle s'est cogné l'œil dans le portemanteau. Rien de bien méchant. Quand papa l'interroge à son tour, River affirme la même chose. Papa et maman me regardent. Ils n'aiment pas que je serve d'arbitre mais ils sont parfois obligés de vérifier que River ne ment pas.

« Mathieu, c'est celui qui t'a téléphoné le soir de mon anniversaire ? » demande papa. River reste évasive mais sur ce point, elle est catégorique : c'est bien lui. Un bon copain. « Pas de problème, dit-elle. Ça arrive à tout le monde de pousser quelqu'un sans faire exprès. » Mais papa n'est pas d'accord avec cette version. Il cherche le nom de famille de Mathieu sur la liste des élèves de la classe de River. Il ne le trouve pas. Il n'y a pas de Mathieu. Alors il me demande si je sais quelque chose, et moi je réponds qu'il y en a un en seconde, et que les seconde partagent certains cours de gym avec les troisième, enfin je mens moi aussi. Je sais que ce serait pire pour River si papa enquêtait, parce que ça aboutirait à un pataquès au lycée. Il décide pourtant de joindre M. Iratsoki et s'étonne, appelant le collège devant les yeux de maman levés au ciel, qu'il ne réponde pas. Il est vingt et une heures. Le proviseur est chez lui. En famille. S'il en a une. C'est rigolo de se poser des questions sur la vie des gens du lycée sans jamais savoir y répondre. Papa dit qu'il rappellera demain matin pour tirer tout cela au clair. River insiste. « Ce n'est pas la peine. On riait. C'était pour rire. On ne va pas appeler M. Iratsoki parce qu'on a ri. » Maman n'en dit rien. Elle a le coussin rouge sur le ventre, l'accoudoir dans le dos, les pieds croisés. Mais elle réfléchit. Les mots vont venir plus tard et je crains qu'elle ne rejoigne papa sur la nécessité d'enquêter. Ils ont déjà dû le faire quand des élèves ont fait circuler des photomontages de River, avec des couettes et un nez de clown. Pas bien méchant comme déguisement, avait conclu le proviseur, sans chercher vraiment les coupables. Mais il avait demandé aux professeurs d'expliquer aux classes les dangers des réseaux sociaux. Il s'était félicité que cette expérience puisse servir à tous.

Après, dans notre chambre, je remarque que le mur de livres de River qui avait pas mal baissé après les excuses d'Alanka est remonté d'un mètre. Un bon mètre de hauteur pour ce mur qui, hier soir, laissait passer de la lumière. Mais soudain, ratatinée au fond de la chambre, River plonge à nouveau dans le doute. Je lui ai proposé le côté fenêtre mais elle n'en veut pas. Elle répète que le noir est très doux, et lui va bien. « Le noir n'est pas couleur prison. » « Le noir est un autre blanc. » Autant de phrases qui vont finir chez Mme Proutsheur si je les répète à maman. Et River aura encore l'impression de devoir s'expliquer, même si elle apprécie Mme Proutsheur pour sa rondeur, son chignon défait, sa voix douce, ses rires amusés en réponse à certaines paroles. Elle dit qu'elle est là pour répondre aux questions des enfants, et depuis que River est adolescente, elle dit « des adolescents ». Elle l'aide à éliminer ses peurs. River doit-elle lui parler d'Alanka et des trois T ?

Je suis prête à parler à maman. Je crois que c'est important de le faire dans le dos de River. C'est ma responsabilité de sœur. Surtout que demain, je pars en voyage scolaire à Barcelone. *Plus personne à l'école pour veiller sur River,* me dis-je en m'endormant.

Le lendemain matin, c'est la course. Je dois être dans la cour de l'école à sept heures trente, avant

River. C'est papa qui m'a emmenée en partant au bureau plus tôt. Pendant ce temps, je sais que maman s'occupe de réveiller River qui a passé une nuit pourrie à pousser des cris et à jurer que non chaque fois que maman venait lui signaler en lui caressant le front qu'elle avait crié. Je lui ai adressé un « sal-sal sœurette » un peu hâtif parce que j'avoue que j'étais préoccupée par mes affaires de toilette qui ne rentraient plus dans ma valise. River s'est retournée dans son lit pour faire semblant de dormir en regardant le mur. C'est sa façon de me laisser partir sans effusions. La vie n'est pas facile sans moi, même si je la sens soulagée que je m'éloigne sans avoir eu le temps de trahir ses secrets.

Quand River arrive au collège à huit heures vingt, Alanka et la bande des trois T sont rassemblés dans la cour. Alanka s'approche de River, regarde son œil sous lequel un bleu noir s'est formé, et s'excuse aussitôt.

– Désolé, River, je ne pensais pas que tu aurais une marque, je n'ai pas fait exprès.

– On n'a pas fait exprès, reprennent en chœur les trois T.

River leur sourit, bouche fermée, toujours à cause de sa dent de travers. Puis ils la laissent. Elle va traîner vers Olga qui lâche à contrecœur un « salut » mais regarde quand même cet œil poché. Quand M. Iratsoki traverse la cour et remarque à son tour l'œil de River, il lui demande ce qu'elle s'est fait et elle répond la vérité: «Je me suis cognée contre un portemanteau.» Le proviseur a deux expressions favorites et elles sont toujours un indicateur d'humeur. S'il dit «nous en reparlerons» et qu'il fait suivre sa phrase par le prénom de l'élève, comme il l'a fait l'autre fois avec Amaureen qui était arrivée en cours avec des chaussures à plateforme, c'est que l'affaire est loin d'être classée. «Nous en reparlerons, Amaureen.» Si, en revanche, il répond à l'élève «très bien, je te souhaite une bonne journée», on peut considérer que l'affaire est classée. M. Iratsoki est quelqu'un de très ouvert, accessible, mais dont l'autorité est installée. On ne la lui fait pas, a-t-il dit dans chaque classe, le jour de la rentrée, en abordant le sujet des absences, des mauvaises excuses, des retards, des téléphones portables et de la drogue dans l'établissement.

«Très bien, River» résonne dans la tête de River, d'autant qu'un devoir sur table l'attend, alors s'y rendre avec ce mantra en tête lui convient bien. Très bien même. Elle s'assoit à «sa» table, et comme chaque jour c'est la valse des élèves qui rechignent à s'asseoir à côté d'elle. Il y a ceux qui montrent ostensiblement leur dédain, et ceux, plus discrets, qui comptent dans leur temps une minute ou deux d'avance pour éviter d'avoir la dernière place, près de River. Aujourd'hui, Alanka s'installe à côté d'elle. Après un « salut, River » très joyeux, il s'assoit. River répond « salut » sans sourire, à cause de sa dent de travers, et sans le regarder pour ne pas le gêner avec son bleu à l'œil. M. Nancy, le prof de maths, fait ricaner les filles. Il vient de finir ses études et la majorité d'entre elles le trouvent « magnifique » et ne se formalisent pas de sa froideur. Il distribue les polycopiés. Quand il pose la feuille devant Alanka, celui-ci murmure : « Je pige rien, tu me laisseras ton brouillon ? » River répond « oui » très doucement. Et Alanka, « merci », aussi doucement, puis « merci, River », encore plus doucement. Malgré ses angoisses à l'approche d'un contrôle et même si dans les petites classes River ne voyait pas du tout pourquoi il lui était interdit d'additionner des pêches et des chaises, elle est connue pour ses bons résultats en mathématiques. Par contre, elle ne sait pas expliquer ses raisonnements. Il est arrivé qu'un élève lui en veuille de ne pas l'avoir aidé avant le cours. L'élève a cru qu'elle gardait son savoir pour elle, avec égoïsme, esprit de revanche. Et l'élève, généralement, fait circuler le bruit que River est « perso ». Quand, dans la cour, j'entends une injure dirigée contre ma sœur, j'arrête le son. Je suis vraiment capable de faire cesser une rumeur. Ma popularité fait qu'en un regard les choses se règlent. Je n'ai pas de problème avec ça. Si je toise quelqu'un, si je le lasérise avec des yeux furax, il y a peu de chances qu'il balance encore une saleté sur ma sœur.

River sait que je ne suis pas là. Elle a laissé un mot pour moi dans la petite poche de mon sac à dos. Un mot qui dit: «Grande sœur, bon voyage. Reviens quand tu peux. Je t'attends mais je me débrouille. Par contre, pense à moi. Ça m'aide bien. Je garde notre chambre. Sal-sal.»

«Sal-sal», c'est son expression pour dire salut. Elle n'aime pas que les gens disent «cia-ciao», alors pour s'en moquer, elle a inventé «sal-sal». On n'a pas vraiment un langage à nous mais quelques mots par-ci par-là qui nous donnent l'impression d'avoir des codes. Par exemple, quand Alanka se met à souffler bruyamment, sans doute parce qu'il trouve que River tarde à lui remettre son brouillon, River pense: *Aïe help*. Et j'interviens. Même si je me trouve à Barcelone, avec Tristan. Le beau et gentil Tristan.

. 11

River n'a pas pensé à clarifier son brouillon. Dix minutes avant la fin du devoir, Alanka s'est retrouvé avec un brouillon raturé, illisible. Certes, River avait encadré des résultats en rouge mais aucun raisonnement n'était là pour justifier y être parvenu. Il a fulminé le plus discrètement possible, tant que le cours avait encore lieu, raclant du pied sous la table, sa façon à lui de prévenir River qu'ensuite ça allait être sa fête. Paniquée, elle a essayé de lui passer sa copie, mais M. Nancy, témoin du manège, a élevé la voix. Contre Alanka. « OK », a marmonné Alanka à l'adresse de River. Elle a compris le message, puis elle a pensé à moi et regretté que je ne sois pas quelque part dans la cour. Elle s'est aussitôt remémoré mes conseils, valables depuis Barcelone. Fuite. Proximité d'un professeur ou de M. Iratsoki, le proviseur.

Tentative de rapprochement avec Olga. Toilettes? En aucun cas.

Se répétant ces règles, elle s'est rendu compte qu'il était neuf heures trente et qu'on était jeudi. La lente-longue journée, la pire de la semaine, sans personne pour la réceptionner avant l'étude. Il est 9 h 32, le temps n'a pas beaucoup avancé. Le temps semble s'être arrêté sur le « OK » d'Alanka, un OK qui signifie « tu vas voir ce que tu vas voir », « attends un peu, ma vieille », « t'as pas fini de payer d'être balèze en maths et de tout garder pour toi ». Elle ne tire aucune fierté de sa bonne compréhension des maths. C'est naturel pour elle. Les maths l'apaisent. Mais pour le moment, c'est plutôt l'inverse. Sa tête s'emballe. Que dire, que faire ? Se cacher. Fuite. Proximité d'un professeur, du proviseur. Tentative de rapprochement avec Olga. Toilettes en aucun cas. Et pourtant, pour se cacher, quoi de mieux qu'une cabine fermée à clef. Il y a un beau soleil aujourd'hui. Les élèves vont favoriser la cour, en l'absence de Mme Lebouteux, puisqu'on vient de leur annoncer que leur prof de technologie est absente. On cherche un surveillant pour les garder et on les lâche dans la cour en attendant. Interdiction de sortir, évidemment. River sent les regards, quatre au moins, puis davantage. Ensuite, elle entend une voix un peu plus forte que celles des autres, une voix qui déclare : « On joue à River ? »

Jouer à River est déjà arrivé l'année dernière, et l'année d'avant. Peut-être même que le jeu a commencé en sixième. Des élèves se rassemblent, au moins dix, autour de River, comme si elle était le centre d'une ronde. Le but du jeu est de dire du mal d'elle. Chaque joueur lance un défaut de River et le joueur qui n'a plus d'inspiration est exclu de la ronde. Le vainqueur est celui qui reste, à la fin, face à River, et doit répéter dix défauts déjà énoncés. Après, River doit s'incliner, c'est-à-dire baisser le front, c'est-à-dire baisser la tête, c'est-à-dire se courber telle une danseuse ou un acteur après le spectacle. De sa révérence dépend la suite. Il vaut mieux qu'elle fasse preuve d'humour sinon la ronde se reforme. Et ça repart. Le proviseur vient de passer près de la ronde. Il trotte, à la recherche d'un surveillant. Mais il lâche quand même, en passant : « Très bien, les enfants, vous avez trouvé comment vous occuper. » Il doit penser que les élèves ont organisé une sorte de tournoi sportif ou musical. Rien bizarrement ne semble le choquer dans cette ronde faite par des troisième.

Débile, tarée, triso, pas nette, conne, puante, moche, mal coiffée, haleine de chacal, pieds en dedans, gueule de fouine, face de rat, boulet. Marouane n'a plus d'idée, il est éliminé. Le jeu reprend : sale, méchante, perverse, mytho. C'est au tour d'Aurélie d'être éliminée. Le jeu reprend.

Menteuse, affabulatrice, saigneuse de nez. On garde saigneuse de nez ou on élimine? «Éliminé!» crie River en riant. Elle a compris qu'à ce jeu il faut s'amuser. Elle obtient d'ailleurs l'élimination de Melvil qui a pris ses saignements de nez pour un défaut. Elle pense à moi qui roule vers l'Espagne. Elle pense que si j'avais vu la ronde, dans la cour, je serais arrivée pour faire cesser le massacre. Je l'aurais prise sous mon aile. Elle sait que ma vie est compliquée par sa présence mais elle sait aussi que je ne la lâcherai jamais. De là où je suis, je peux peut-être l'aider. Je lui conseille sans relâche d'éviter les toilettes ou les recoins. Je lui conseille d'aller voir le proviseur même si je sais qu'elle ne le fera pas. La ronde rétrécit. Il n'y a plus que quelques élèves présents pour énoncer les défauts de River. Certains ont été répétés plusieurs fois et River a relevé les répétitions. «Pardon, a-t-elle dit, mais je ne peux pas être "puante" deux fois.» Depuis, elle meurt d'envie de se sentir sous les bras, même sous les pieds. *Est-ce que je pue vraiment?* se demande-t-elle. Elle demandera à maman ce soir, et s'il y a le moindre doute, maman l'aidera à choisir le bon déodorant. Si ça vient des cheveux, idem. Elle lui trouvera tout. Le bon shampooing, la lotion asséchante. Plus elle pense à maman et au fait qu'on est jeudi et que jouer à River n'a pas vraiment fait accélérer le temps, plus elle a mal au ventre. L'infirmerie ? C'est aussi un mauvais plan, et elle le sait. Aller à l'infirmerie induira pour les autres qu'elle a peut-être cafté. Mieux vaut ne pas bouger. Attendre l'arrivée du surveillant, retourner en cours et penser aux recommandations de Mme Proutsheur. « Les chiens aboient, la caravane passe. Comprends-tu ce que cela signifie, River ? » Mais Mme Proutsheur n'a rien pour soigner les maux de ventre. Le mieux, c'est d'aller réfléchir toute seule aux toilettes. River ne suit pas mon conseil, et je peux la comprendre. Son ventre est broyé. Elle vient d'entendre tous ses défauts, mais les choses empireraient si elle avait un « petit accident », si elle n'était pas capable de se retenir, si elle se faisait dessus… Alors River n'écoute pas mon conseil et file se réfugier aux toilettes. Elle s'enferme à double tour. Il est 9 h 57.

Dans le car pour Barcelone, mon groupe est chargé de l'animation. Avec l'accord de la prof d'espagnol, nous avons organisé un tournoi d'histoires drôles mais les élèves ont été prévenus avant et ont tous préparé leur blague. C'est la joie, surtout quand Tristan, mon copain, enfin bientôt, raconte : « Qui est-ce qui est jaune et qui attend ? » La réponse est « Jonathan » et elle plonge le car dans l'hilarité. Tristan est réputé pour n'avoir aucun complexe. C'est le garçon le plus drôle que je connaisse, mais il sait aussi être sérieux. Quand il a failli m'embrasser, c'est-à-dire au moins dix fois, il avait dans les yeux du sentiment. Ce n'était pas n'importe quoi pour lui. Il est vraiment sérieux quand il faut. À chaque fois que je lui ai parlé de River, de mes craintes, du harcèlement dont elle est victime, de mes peurs pour son avenir, il a trouvé les mots pour me rassurer. Il est certain que la fin de l'école marquera la fin de ses douleurs. Elle va se trouver une passion ou une profession qui lui donnera toute légitimité. «Elle n'est pas débile, ta sœur, m'a dit Tristan. Parfois, elle est juste un peu bizarre. Ça lui donne du mystère. Tu devrais délimiter les zones où elle part en vrille et les éviter, ou alors ne pas les éviter. À un moment, tout ira bien.» C'est pile à ce moment-là qu'il a essayé de m'embrasser la première fois, et j'ai eu un doute. J'ai eu peur que ses mots gentils sur River aient été prononcés par intérêt, juste pour que je l'embrasse. Alors j'ai reculé. Là encore, il n'a pas été lourd, il n'a rien demandé, et il ne s'est pas montré plus froid pour autant. Juste sympa, gentil, drôle, comme d'habitude. J'ai prévu de sortir avec lui ce soir. On a organisé une «soirée d'accueil» dans le foyer de l'auberge de jeunesse, mais si la prof d'espagnol est d'accord, on la fera dans la rue. Il paraît que la vie en Espagne commence tard.

Je continue l'organisation du concours de blagues, je vais bientôt passer à un action-vérité mais je pense à River tout le temps. Je me rends compte que même si je suis contente de prendre l'air loin d'elle, je ne peux jamais m'empêcher de trembler pour elle. En fait, on n'est pas jumelles mais on pourrait. De son côté, elle n'a pas les mots pour me dire combien elle m'aime, alors elle s'emberlificote dans des câlins trop brutaux ou des exclamations trop bruyantes, mais quelles que soient nos démonstrations l'une envers l'autre, on s'adore éternellement.

J'ai même l'impression folle que si River était en danger, je pourrais à distance la sortir du pétrin. Par exemple, la savoir coincée dans les toilettes, silencieuse au point de s'empêcher de respirer et de passer le temps en s'imaginant mon Espagne, me fait penser beaucoup plus prestement. Je la sais déjà debout sur la cuvette pour qu'Alanka et la bande des trois T ne voient pas ses pieds sous la porte. Je la sais accroupie, en périlleux équilibre sur la lunette pour que, s'ils se faisaient la courte échelle, les garçons ne puissent pas lui tirer les cheveux par en haut. Mais s'ils se faisaient la courte échelle, pourraient-ils, un par un, sauter dans les toilettes ? Dans ce cas, ils se retrouveraient dans les toilettes fermées à clef, tous les cinq, River au centre.

. 12

À la voix de maman, j'ai compris que quelque chose n'allait pas. Il s'est passé quelque chose. Elle n'a même pas dit «rien de grave» comme elle le fait d'ordinaire quand elle pense que la vie de River ne peut pas sans cesse entraver la mienne. Elle a cherché à apprendre des trucs sur mon voyage à Barcelone, elle a fait celle qui s'intéressait à moi, mais le cœur n'y était pas. Elle m'a posé plusieurs fois la même question, puis elle m'a interrompue parce qu'elle voulait savoir si River m'avait dit quelque chose. Puis elle a appelé grand-mère Hugues, guettant le retour de papa, pendant que je retournais à ma soirée de bienvenue. Elle a pleuré. Elle a craqué. «C'est impossible de faire parler River quand elle se mure», a-t-elle sangloté auprès de grand-mère Hugues qui a proposé de passer. C'est alors que papa est rentré. Maman lui a raconté le drame. Elle attendait River comme chaque jeudi devant le collège, juste après l'étude, mais elle n'a vu personne arriver. Au bout d'un moment, maman est sortie de voiture et elle est entrée dans le collège, espérant trouver River en conciliabule avec des amis dans la cour. Pour une fois, ce retard aurait pu signifier qu'elle s'amusait ! Mais elle n'a trouvé River nulle part.

Elle est montée dans les étages, elle a croisé quelques adultes à qui elle a posé des questions mais ils n'ont pas su lui répondre, ou juste évasivement : « River ? Peut-être dans la cour ? », « sans doute encore à l'étude, salle 40 ». Mais, à l'étude, on lui a dit qu'on n'avait pas vu River, même pas au début de l'étude. « Et personne n'a prévenu ? » a demandé maman à qui on a répondu que le proviseur avait dû quitter l'établissement précipitamment, mais que bien sûr aucun élève non autorisé n'avait pu quitter le collège sans autorisation. Maman a donc continué à chercher River dans l'enceinte du collège. Elle a demandé à Olga si elle l'avait vue. Après avoir répondu non, Olga l'a aidée à chercher et lui a recommandé d'aller voir aux toilettes, un lieu où elle a compris que River avait l'habitude de se replier. « Pour être au calme », elle a dit. Maman a cherché aux toilettes, dans la cour, parce que même si River n'en parle qu'à moi, elle a eu l'idée de chercher parmi les zones de repli possibles. Elle connaît sa River, alors elle a aussi cherché au CDI. Elle s'est dit qu'une étagère bien fournie en livres aux couvertures épaisses pourrait convenir. Mais le CDI était déjà fermé. Alors maman a mis le cap sur les toilettes, celles de l'étage de River puis les autres. Et ceux de la cour, enfin. River était assise sur la cuvette, les pieds relevés contre elle pour qu'on ne les voie pas dépasser en dessous. Quand elle a entendu la voix de maman qui l'appelait, elle a couiné. Puis elle a poussé un de ces cris qu'elle réserve plutôt aux nuits, le cri du cauchemar. Maman a dit : « Je suis là. » Et River a fait tourner le verrou. Elle est apparue, le visage marqué comme si elle pleurait, mais sans une larme. Il y en avait eu trop ou bien elles ne parvenaient pas à sortir et son visage se fendillait de l'intérieur comme une terre sèche. Il fallait agir vite et maman l'a serrée dans ses bras. River est restée toute dure, les bras ballants, juste le menton posé sur l'épaule de maman. En sortant des toilettes, River a repoussé le bras de maman. Elle n'a pas parlé jusqu'à la voiture. Et là, maman a dit : « Repose-toi, ma River, on va en parler à papa tout à l'heure et tous trouver une solution. »

« Tu dois nous dire ce qui s'est passé », a ordonné papa. Et maman lui a rappelé que Mme Proutsheur préfère à ce genre de formulation « nous aimerions t'entendre à ce sujet si toi aussi tu le désires ». Papa a envoyé maman sur les roses avant de reprendre son interrogatoire sur un ton doux mais décidé. « River, dis-nous, sinon on ne peut pas t'aider. » Alors River a déclaré qu'elle ne parlerait qu'à moi et à personne d'autre. Papa a répondu que ça suffisait, ces histoires, et que si quelqu'un l'embêtait à l'école, il fallait qu'elle le dise. Maman a renchéri : le verbe « embêter » n'était pas approprié. Et le silence s'est installé dans la pièce.

– C'est quand, Proutsheur ? a demandé papa.

– Mercredi. Comme chaque semaine depuis au moins huit ans.

Il a décidé de se rendre chez le proviseur dès le lendemain matin. River a tenté de s'y opposer, assurant qu'elle avait eu un coup de cafard à cause du jeudi trop long, promettant que ça ne se reproduirait plus, mais elle a fini par lâcher que l'intervention des parents « empirerait les choses », alors maman a évoqué la possibilité de changer de collège si des enfants l'ennuyaient et River a assuré que personne ne l'ennuyait, retrouvant tout l'aplomb qu'elle avait, puisant dans les forces qui lui restaient après avoir été tête à claques au-dessus d'une cuvette de WC. Elle s'est promis de ne rien raconter non plus à Mme Proutsheur, et pleine de sa confiance en moi, elle est allée me trouver près de la fenêtre de notre chambre, comme si j'étais là. Elle s'est assise sur mon pouf en poils roses, elle a exceptionnellement regardé par la fenêtre et elle a constaté que le ciel était clair même s'il était déjà tard. Ce clin d'œil de la météo, comme un soutien à sa peine, l'a enchantée. L'été signifie vacances, et en vacances il est souvent arrivé que River oublie l'école, et qu'à la veille de la rentrée de septembre, elle n'ait plus peur. Mais ce soir, la peur a d'immenses bras. River ne peut pas les compter. Elle ignore à quoi comparer la pieuvre pour la rendre moins terrifiante. Elle n'arrive pas à se sortir du souvenir cette cabine de toilettes. Ce qu'elle revit en boucle ne sont ni les gifles ni les insultes mais les crachats. Elle sent le mouillé sur son visage, elle s'essuie les joues avec notre rideau de fenêtre, dont elle a choisi la teinte sombre pour bien nous protéger du jour. Mais le mouillé revient. *Peut-on être crachée dessus à vie?* se demande-t-elle, même quand c'est sur le tee-shirt de maman qu'elle s'essuie. Maman lui demande encore une fois de raconter mais River dit qu'elle ne sait plus se rappeler des choses. Elle voudrait dire: «Si je te raconte ce qui s'est passé, promets-moi de ne jamais me remettre dans cette école, ni dans aucune autre», mais elle sait que maman répondra raisonnablement que River doit retourner à l'école, sans doute dans d'autres conditions. Et tout recommencera. Ailleurs. Alors mieux vaut ne pas espérer. Mieux vaut ne pas obliger maman à s'avérer décevante. Mieux vaut pleurer dans le rideau qui sait tout, lui, et essuie patiemment les crachats qui reviennent.

À un moment, le téléphone sonne. Elle pense: *Mathieu.* Elle a compris, ça y est, qu'Alanka et la bande des trois T lui téléphonent en se présentant sous le nom «Mathieu». Elle l'avait compris dès le départ, mais avant, elle pensait qu'ils le faisaient pour exprimer un regret. Elle a imaginé plusieurs fois qu'ennuyé d'être allé trop loin, Alanka avait craint de se présenter sous son nom de peur qu'elle refuse de lui parler. Et puis il y a eu le brouillon de maths, qui a rendu Alanka tellement furieux. Un brouillon mal écrit, raturé, complètement illisible. Et Alanka est certain que River l'a fait exprès, pour l'empêcher d'avoir une bonne note. Elle l'a fait exprès, sans se demander si Alanka avait besoin d'une bonne note. Elle l'a fait égoïstement, ne se préoccupant que d'elle-même. C'est faux, évidemment, elle se fiche royalement d'avoir une meilleure note que les autres, mais Alanka le pense. Elle paiera encore. Elle se fiche d'être bonne en mathématiques. D'ailleurs, le professeur n'est pas particulièrement sympa avec elle. Elle n'a rien de la première de classe admirée par le prof. Elle reste bizarre aux yeux du prof comme aux yeux de tout le monde.

Maman la sort du rideau, la prend contre elle, mais River garde les bras ballants. Elle est fatiguée mais elle a peur du sommeil, cette ombre au-dessus d'elle, comme quatre corps qui sauteraient dans une cabine de toilettes pour la torturer.

. 13

Quand le proviseur est entré dans la classe de River, nous avions quartier libre dans Barcelone. Incapable de m'amuser avec mon groupe, j'ai attendu des nouvelles de River. Toutes les deux, on se parle d'esprit à esprit. C'est-à-dire qu'elle peut se trouver n'importe où, moi pareil, et on communique. J'ai pris l'habitude de lui céder une partie de ma vie. En retour, je connais la sienne comme ma poche. Évidemment, l'échange est peu équitable. Sa place est meilleure que la mienne. Ressentir des bribes de ma vie réussie est sûrement plus agréable que vivre la sienne, même de loin. La sienne et toutes les injures qui vont avec puisque sa pauvre vie n'est faite que d'agressions répétées. En effet, il est aussi brutal de supporter les regards gentils et forcés des copains de papa que d'encaisser des tortures perpétrées par des camarades dans les toilettes. Je ressens ses tremblements les plus infimes quand River tape du pied sur le sol, refrénant le bruit de sa chaussure, parce que le proviseur vient de taper du poing sur la table. Il demande aux méchants de se dénoncer, puisque River n'a balancé aucun nom. Contrainte par nos parents, elle s'est retrouvée ce matin avec eux dans le bureau du proviseur. Elle n'a pas parlé. Il a voulu la forcer: «Ma grande, sois raisonnable, je comprends que tu refuses de trahir tes camarades mais ceux qui te malmènent ne sont pas des camarades. Laisse-moi les recadrer et ils auront une chance de le devenir. Rends-leur service en quelque sorte.»

River ne veut pas rendre service à Alanka et à la bande des trois T, et surtout, elle n'est pas une balance. River sait que les balances, même les petites balances, sont des nulles. Elle a sa fierté. Le proviseur n'a pas osé s'énerver contre elle parce qu'il a entendu le souffle retenu de papa quand il a montré trop d'insistance puis trop d'impatience envers River. Il a aussi dû sentir le souffle de maman pourtant très soulagée d'avoir papa à ses côtés. «On m'a juste fait peur aux toilettes», a répété River quand le proviseur lui a reposé la question des détails. Maman a recouvert le silence de River. «Je l'ai trouvée enfermée, le visage défait, et dès qu'elle m'a ouvert la porte, elle s'est remise accroupie sur la cuvette, tremblante comme une bête traquée... » Le proviseur a dit regretter cet incident et il a promis de chercher les coupables et de les punir mais il a exigé l'aide de River et celle-ci n'a jamais plus regardé autre part que dehors.

À présent que ses parents sont partis, faisant promettre au proviseur de prévenir les professeurs et de ne plus jamais laisser River en panique, River balise et le proviseur remplit sa mission. Il est là, visage grave, regard laser devant la classe muette. Personne n'a fait de mal à River. Bien sûr, parfois, elle est bizarre, mais c'est une très bonne élève, première en maths, il le rappelle. Et chacun est différent. Chacun est original. Ce qui l'est encore davantage, c'est de ne pas profiter d'une faiblesse chez quelqu'un pour l'attaquer. Qui s'est servi de River comme tête de Turc ? Qui lui fait peur ? Qui s'amuse à la harceler ? Le mot tombe. « Harcèlement » fait baisser les yeux de certains. Le mot « harcèlement » leur rappelle quelque chose. On leur a montré des vidéos de mise en garde à l'école. Pour beaucoup, on en a aussi parlé à la maison. « Si on t'embête, si on te rackette, si on t'oblige à faire des choses que tu ne veux pas faire, tu le dis. » Les parents sont partagés entre prévenir et ne pas affoler. Quel parent ne craint pas, à l'entrée au CP de son enfant, de l'apeurer ou de le dégoûter de l'école en lui parlant du mal qu'on risque de lui faire ?

Dans la classe de River, on sait qu'on n'est pas toujours tendre avec elle. On n'ignore pas qu'on est nul parfois. Mais River a tendance à ne pas prendre les agressions muettes pour des agressions. En effet, Diane et sa bande ne lui ont jamais fait pipi dessus aux toilettes, alors elle n'en a pas peur. Et Olga ne l'a pas vraiment déçue. C'est juste une amie qui s'éloigne. Pendant que le proviseur laisse le silence s'installer et qu'on peut compter les minutes de tension sur le visage de la prof qui pensait pouvoir avancer le programme, on pourrait presque entendre battre le cœur de chacun. Celui d'Olga bat la chamade parce qu'elle sait très bien qu'elle a été nulle avec River. Mais dans sa tête, elle cherche à savoir si elle l'a vraiment embêtée à ce point.

« Votre camarade était couverte d'urine », reprend M. Iratsoki. J'ai reçu ce matin la visite de ses parents. Elle n'a pas voulu « balancer » le coupable. Je suppose qu'il s'agit de l'œuvre de plusieurs garçons, mais je ne peux pas accuser sans savoir. Je demande donc à ceux qui ont agi ou à ceux qui savent quelque chose de me le dire. Soit maintenant, ici, soit dans mon bureau. Si d'ici ce soir, je n'ai obtenu aucune information de la part de qui que ce soit, je considérerai que vous êtes tous de mèche et donc tous coupables. À bon entendeur. » Ensuite, il a failli quitter la classe et puis il a changé d'avis et s'est assis dans le fond, comme s'il voulait épier chaque élève, de dos. Ou montrer qu'il surveillait. En tout cas, il a tenu la promesse faite aux parents. Mais River ne s'est pas sentie mieux pour autant.

Elle se sent même de plus en plus mal. Coupable de mettre toute la classe dans une situation désagréable. Coupable de placer les gentils au même rang que les méchants. Coupable de faire parler d'elle et coupable de se faire plaindre. Coupable vis-à-vis de la prof qui a interrompu son cours. Les couleurs de la pièce s'assombrissent comme si l'humeur de River était sortie d'elle pour colorer la vie des autres, la recouvrir de suie. Alors River s'en veut. Elle se demande comment effacer ce qui s'est passé. Elle a envie de tout remettre comme avant. Elle évitera juste d'aller aux toilettes, elle fera tout ce que je lui conseille. Elle va dire au proviseur qu'elle a menti. Maman a senti l'odeur d'urine et River a approuvé mais elle va expliquer autre chose, qu'elle est tombée toute seule dans la cuvette. Elle doit tout remettre comme avant. Avant, c'est quand c'était pas pire. Avant, c'était mieux que pire. Pire, c'est maintenant. River n'entend pas le cours, elle ressent autour d'elle l'absence de regards, forcément. Personne ne la regarde puisque le proviseur est là, assis au fond de la classe, à épier tout le monde, à cause d'elle qui a balancé sans balancer. Elle sent la présence d'Alanka, quelques rangs dans son dos puisque le proviseur lui a conseillé de s'asseoir au premier rang afin que les professeurs veillent sur elle. « En attendant de démasquer le ou les coupables. Personne n'agirait seul de la sorte. Je présume que le lâche qui ne reconnaît pas sa faute n'a même pas eu le courage d'agir seul. »

Les phrases du proviseur hantent la tête de River. Elle reçoit les ondes d'Alanka comme des aiguilles dans la nuque. Ceux des trois T comme des flèches dans le cœur. Elle se déteste d'avoir trop réagi. Qu'est-ce que ça lui aurait coûté, franchement, de ressortir des toilettes, de se rincer au lavabo, et de ne pas s'enfermer des heures en attendant sa maman ? River s'en veut d'avoir été si nulle. Elle pense qu'à cause d'elle un cataclysme va se produire. Elle ne pense pas que toute la classe punie par sa faute va soudain se venger d'elle, mais plutôt que la punition va prendre forme humaine. Elle imagine une sorte de tache, oui, une tache d'encre maintenue au-dessus d'elle comme un drap noir, et qui la recouvre puis l'étrangle puis la suspend. De l'angoisse, dirait Mme Proutsheur. On essaie de respirer profondément, peut-être même avec le ventre, on pense au fond de la mer, si calme malgré les tempêtes en surface. On pense à la respiration. Revenir à la respiration et penser à la sophrologue qui a déjà fait souffler River dans des ballons, pour les gonfler de ses pensées douloureuses et les laisser s'envoler avec le ballon. Le ballon a tout emporté. River essaye de gonfler un ballon dans sa tête. Elle le charge de ses peurs. Mais le ballon prend vite la taille d'une montgolfière. Il ne va pas pouvoir passer par la fenêtre de la classe. Le pire serait qu'il explose et que sa toile choisisse d'enfermer ensemble Alanka, Tom, Thib, Tanguy. Et River.

. 14

À midi, papa va chercher River pour déjeuner. Il ne fait pas en sorte que maman y aille à sa place. Quand le danger est grand, papa est présent. Il est là, devant la grille du collège, sérieux comme un pape, et il fait un clin d'œil quand River sort. Elle regarde alors ses pieds au risque de se faire écraser en traversant mais elle n'arrive pas à regarder papa dans les yeux, ça la gêne. Déranger papa qui travaille beaucoup et le répète assez souvent pour que ce soit vrai, c'est encore une fois faire son intéressante, par rapport à moi qui ne demande rien, surtout en voyage scolaire, moi qui ne me plains pas au téléphone, qui ne rapporte ni dispute ni problème, ni médical ni psychologique. Pour River, être si différente de l'enfant rêvée est un calvaire supplémentaire. Elle se souvient que sauter bouche ouverte dans les bras de papa est gênant. Il lui a déjà fait la remarque assez abruptement. « Tu as quatorze ans River, pas sept, et tu dois apprendre à te contenir. » Elle voudrait se jeter sur lui, lui répéter « merci-pardon-merci-pardon-merci-pardon », mais elle marche tête baissée en se disant qu'il va sûrement lui demander de regarder en traversant, de regarder autour d'elle, alors elle m'imite et marche vite, droit, fesses serrées et démarche militaire, limitant au maximum les tics qui secouent son visage.

Évidemment, quand papa vient me chercher, tout se passe très différemment. C'est plus fluide, c'est normal, c'est gai mais pas trop non plus, et d'ailleurs, papa ne vient plus jamais me chercher. Je ne nécessite pas de déranger des adultes. Dès mon plus jeune âge, j'ai su être comme les parents voulaient, indépendante et de confiance. J'ai aussi su être moi, alors que River s'empêtre depuis sa naissance avec d'autres identités. Qu'elle soit en train de lire un album, de regarder un film ou une pub, elle ne peut s'empêcher de dire aussitôt « moi, je suis le petit écureuil rose sur le chocolat Milka », ou « moi, je suis la voiture rouge pas cabossée » ou « moi, je suis la princesse avec la robe d'or ». Maman continue à lui répondre « non, River, tu es River et c'est bien mieux ». Mais on se demande pourquoi elle le fait. River aime rêver. À son âge, ça devient bizarre parce que même si dans ma grande mansuétude, je le garde pour moi, je me demande si le jour où un garçon l'embrassera elle dira « moi, je suis la lampe dans la pièce d'à côté » ou « moi, je suis la pellicule dans tes cheveux ». Passons. Nous n'en sommes pas au premier baiser. Et il semble même que River va prendre du retard. Se retrouver enfermée dans des toilettes avec quatre garçons qui vous humilient en rigolant et en faisant des selfies. Se retrouver enfermée dans un si petit espace clos avec des monstres en devenir ne favorise pas une future carrière d'amoureuse. Pendant qu'on la brutalisait, River a pensé : « Je suis la lunette des WC, je suis le papier toilettes, je suis le verrou de la porte. » Elle aurait mieux fait de penser « Je suis le cri dans ma gorge » et le pousser, volume au maximum.

C'est ce que papa lui explique, à sa façon pas du tout maladroite contrairement à ce que pourrait dire maman. En situation de crise, il sait parler aux enfants. Sinon, il reconnaît laisser faire maman parce qu'elle adore ça et qu'il affectionne, à l'inverse, sa tranquillité. Là, papa est défiguré par l'inquiétude. Devant River qui chipote dans son assiette les frites qu'il l'a forcée à commander, pensant lui faire plaisir, il ne sait plus comment s'exprimer. La douleur qu'on a infligée à son enfant est intolérable mais le fait que River ne raconte rien l'est bien davantage. Il voudrait tout savoir, afin de venger, ou de punir. On ne se venge pas. On punit. Mais parfois, on devrait se venger, non ? Quand son enfant est agressée par quatre types dont la violence dépasse tout ? Quand leur violence est couverte par leurs rires. Quand leurs rires contiennent des couteaux. Quand leur départ laisse place à un silence bizarre d'où jaillissent parfois, comme des fausses notes, des rires en éclats de verre. Comme celui avec lequel ils ont joué sur son dos qu'elle n'a pas montré aux parents. Ils ont seulement regardé son visage. Le soir de l'agression que la maisonnée tente actuellement de ne pas résumer par « le soir des toilettes », maman est entrée dans la salle de bains pendant la douche de River « pour vérifier discrètement », mais River s'est mise dos au mur, lui offrant sa nudité à « vérifier » et pas son dos qui lui fait si mal et sur lequel elle a scotché des mouchoirs pour ne pas saigner sur son tee-shirt, ne pas laisser d'indices. « Moi, je suis le glaçon qui court derrière le couteau de verre et apaise la douleur. »

Papa reprend son interrogatoire. À maman, ce matin, il a dit : « River finira par parler. Je m'en occupe. Elle sait qui lui a fait mal. » Faire mal est comme une expression enfantine. « Faire mal » n'existe pas pour ces garçons-là. Mais si River dit leurs noms, ils la tueront. Quand elle pense à la mort, elle n'a pas peur de ne pas se réveiller, elle a peur de ses huit longs bras et de sa voix, un mélange entre celle de la voisine et celle de Marie-Jess. Bien sûr, toute la classe va donc être punie puisque M. Iratsoki décrète la punition générale, mais cela inclut River, et être punie avec les autres lui va. Surtout s'il s'agit d'être privée de soirée post-brevet. Une soirée organisée par les délégués de toutes les classes de troisième. Une soirée qui doit avoir lieu dans le gymnase s'il pleut, ou dans la cour s'il fait beau. Une soirée qui rend beaucoup d'élèves joyeux et River se demande pourquoi si joyeux. Joyeux de se montrer différents en ce jour de fête, de conclure différentes histoires d'amour. « Historiette », dit River, comme grand-mère Pa, parce qu'elle prête peu d'intérêt à ces espèces de relations bizarres qui se tissent trop vite entre certaines filles et certains garçons. Tout est trop étrange dans les rapprochements puis les éloignements. Tout semble vif mais tout est déjà mort. « Le problème dans la vie, dit River, c'est tout ce qui est déjà mort. »

Papa cesse de mâcher. Les yeux de River sont cernés, des larmes gonflent sous ses paupières. Elle ne pense plus à hier, elle pense à demain, elle pense à après, elle pense à toujours et à ces choses qui reviendront, forcément désagréables, douloureuses, comme la ronde autour d'elle quand on joue à River. Elle pourrait demander à voir Mme Proutsheur avant la date prévue, elle pourrait insister pour revoir la sophrologue. Que peuvent faire ses exercices de respiration profonde contre l'odeur pestilentielle des toilettes communes de l'école ? Que peut faire le souffle contre cette douleur aiguë dans le dos, si aiguë que River se demande si du verre n'y est pas resté enfoncé ?

Papa tente autre chose. Il évoque l'été, les vacances qui arrivent à grands pas et vont « calmer tout ça ». Le lycée devrait changer les choses puisque évidemment River passe haut la main en seconde avec une moyenne tout à fait honorable. Sans rien faire. Science infuse. Géniale mais zarbi. Trop zarbi. Papa, jusque-là, n'avait peut-être pas pensé à la féliciter pour ses excellents résultats. Alors il le fait, dans le détail, comme s'il avait passé la nuit à préparer son mea culpa. Il lui demande si elle a des idées sur les études qu'elle veut faire. Elle essaye de répondre par un éclat de rire, histoire de ne rien changer à l'ordinaire et elle voit que ça rassure papa. Vétérinaire, pilote d'avion, peintre en trompe-l'œil, joueuse d'échecs, cuisinière, mais pas institutrice ni professeur. Pas d'école après l'école. On arrête ça. Papa lui sourit doucement. Il s'en veut de l'aimer mal, il a envie de la serrer dans ses bras mais elle est trop grande. Avec River, il s'est souvent posé la question de l'amour, mais maintenant qu'on lui a fait du mal il pense que, certes, elle est pénible, mais que cela n'empêche pas l'amour fou. « Mon enfant, ma petite fille », murmure-t-il, reconnaissant dans la forme de ses yeux celle de maman, dans l'épaisseur de ses cils celle de maman, dans ses lèvres la forme des lèvres de maman. *C'est de ma faute,* pense-t-il. *Je n'ai pas mis les bonnes images dans ses yeux ni les bons mots dans sa bouche. J'aurais dû la protéger mieux, l'aider à grandir.* Il s'en veut d'avoir tant de fois laissé faire maman. Il s'en veut d'avoir critiqué sa façon de faire. Il s'en veut d'avoir été si dur avec River, d'avoir pensé des mots comme « goliotte » ou « timbrée ». Le niveau scolaire de River a toujours été convenable mais il n'a jamais éprouvé de fierté parce que chaque bon carnet lui donnait des regrets. Pourquoi une si bonne élève pleine de facilités est-elle si strange, zarbi, bizarre, glauque même ? Pourquoi cette River a-t-elle une bonne moyenne générale et range-t-elle son vélo au milieu du salon quand elle est invitée chez les gens ? Pourquoi la vie est-elle si compliquée par une enfant compliquée ? Pourquoi mes copains la regardent de travers ? Alors papa mate la télé, voilà. Pour oublier qu'il pourrait avoir une vie bien meilleure que la sienne.

Les frites passent mal. River trouve comment rendre le déjeuner moins lourd. Elle demande son portable à papa et elle me téléphone. Papa regarde dans le vide pendant que je raconte à River la vie de ma classe à Barcelone. Elle répète tout ce que je dis à haute voix pour que papa entende de belles choses gaies. On a bien ri. On n'a pas dormi tellement on a ri. À un moment, la prof a tellement ri avec nous qu'elle a arrêté de nous parler espagnol. On mange des tapas. Du chorizo. Des poivrons. Des olives. C'est cool. J'ai une nouvelle amie. Cassandra. Jamais parlé depuis le début de l'année mais depuis aujourd'hui, c'est ma meilleure amie. Je crois que je suis un peu amoureuse aussi. Mais tu ne dis rien aux parents. Motus et bouche cousue. Je rentre lundi, vous serez tous au car ?

– On sera au car ? On sera tous au car lundi, hein papa ?

– Quel car ? lui répond papa. River, arrête de raconter n'importe quoi.

Le car, elle lui dit.

Papa hausse les yeux au ciel et soupire avant de se reprendre. Ce matin, avant de venir chercher River pour le déjeuner, il s'est promis d'être plus patient, moins furieux contre elle. Il n'a pas de raison de lui en vouloir. Elle n'a pas envie de balancer. Elle ne fait rien de mal. C'est la classe, cette enfant. Mais elle est parfois si lourde à porter.

. 15

La séance chez Mme Proutsheur a suivi, avec les deux parents discrets intrusifs qui ont bien tenté de savoir à la fin du rendez-vous si River en avait dit davantage à sa psy qu'à eux-mêmes. Ils n'ont rien su. Mme Proutsheur les a raccompagnés à la porte sans même les inviter à parler avec elle. Dans l'escalier, ils n'ont pas attendu pour demander à River si elle avait « pu se confier en toute liberté », si elle se « sentait mieux », « plus légère », « moins triste », « moins angoissée ». Muette, exceptionnellement muette, elle les a laissés se vider de leurs questions avant de leur répondre « Oh ! Regardez qui est là ! »

Grand-mère Hugues attendait, un paquet d'After Eight à la main. *Comme d'hab*, a pensé River. Si chouette d'être là au rendez-vous. Elle n'a posé aucune question, juste pris River par le bras et rappelé aux parents qu'ils partaient en week-end, comme prévu. Mais maman a crié « Pas question ! » Papa, lui, avait carrément oublié. Ensemble, les parents avaient oublié qu'ils avaient prévu un week-end tous les deux, grâce à grand-mère Hugues toujours partante pour s'occuper de River. River et grand-mère Hugues s'étaient fait une joie de ce moment ensemble et les parents, idem. Mais « l'incident des toilettes » a tout saccagé. Grand-mère Hugues a appelé, ce matin, pour dire qu'elle viendrait chercher River à l'école et que les parents pouvaient partir directement après le bureau. C'est là que maman lui a réexpliqué qu'il y avait le rendez-vous avec Mme Proutsheur, qu'il s'était passé quelque chose, quelque chose de plus grave que d'habitude, quelque chose dont la petite ne voulait pas parler mais qui lui avait fait mal. Et mal n'est pas le mot. Sauf qu'en voyant grand-mère Hugues avec autre chose dans le regard que l'angoisse de maman, la rage de papa, et la sévérité du proviseur, River se sent mieux. Sa grand-mère ne va pas lui tirer les vers du nez. Peut-être même qu'elles vont parler d'autre chose, regarder de bons films en mangeant des Résille d'Or et en se couchant tard. Si River a peur, grand-mère Hugues dormira dans sa chambre. River a vraiment envie que les parents partent. Quelquefois, elle se demande s'ils ne vont pas emporter son angoisse avec eux.

Après une heure de négociation au café, maman refusant de partir en week-end après ce qui s'est passé, papa fléchissant sous les arguments de grand-mère Hugues – repos-couple-déconnecter-se retrouver –, c'est River qui a gagné en parlant. Elle a dit : « Moi, ce que je veux, c'est passer le week-end avec grand-mère Hugues, même chez elle. Vous n'avez qu'à rester si vous ne voulez pas partir en week-end, mais moi je vais chez grand-mère Hugues. » On sait que grand-mère Hugues vit dans un tout petit appartement parce qu'elle a dépensé tout son argent en chiens et chats quand elle était jeune et en cadeaux pour nous maintenant qu'elle est vieille. Sa boîte à chaussures, comme elle appelle son appartement, ne peut a priori accueillir personne d'autre qu'elle. Elle a bien essayé d'héberger un homme il y a quelques années mais il semble que l'exiguïté des lieux ait empêché le bon fonctionnement du couple. Depuis, elle est d'accord sur un point avec grand-mère Pa : « Les hommes ont besoin d'espace. » Tout le monde est rentré à la maison. River m'a laissé un message pour me dire que c'était bon : papa et maman partent en week-end et River reste avec grand-mère Hugues.

Du coup, quand Mathieu appelle, grand-mère Hugues transmet l'appel à River sans vérifier quoi que ce soit. Elle lance un « c'est pour toi, River » très détaché, puis change de pièce, comme elle procède par principe quand l'appartement le permet, par discrétion, et pas seulement avec les ados pour leur montrer qu'elle les comprend. River regarde le combiné posé à côté du téléphone. Elle ne s'en approche pas. Avec le pouvoir de ses yeux, elle tente à distance de le soulever et de le raccrocher sur le socle. Elle cligne des paupières, espérant balayer l'image de la pièce et s'envoyer ailleurs, à Barcelone, dans l'auberge de jeunesse où la veillée bat son plein, avec moi.

Grand-mère Hugues se fait couler un bain. Elle a fermé la porte de la salle de bains. C'est son rituel quand elle dort ici, parce que chez elle, il n'y a pas de baignoire. River rouvre les yeux et voit le combiné, énorme, toujours là, décroché. Elle finit par s'en approcher, elle le porte à son oreille. Elle y entend le grand silence. Pas de Mathieu. Le vide ? Elle ne dit pas « allô ». Elle attend la sentence. « River, dit une voix. River, t'as déconné. » « River, t'aurais pas dû parler. » « River, tu te rends compte ? » River écoute les phrases jetées vers elle, épines au vent. Elle sent la peau fendillée de son dos se tendre. Mais la voix est douce. « River, je ne fais qu'obéir aux trois T, je ne suis pas leur chef, tu sais, je suis comme toi, une pauvre victime. On peut se voir ? »

Alanka, une victime? River compose mon numéro dans sa tête. Elle voudrait savoir ce que je pense d'Alanka. Est-ce que c'est possible? Est-il possible d'arrêter d'être méchant? Est-il possible d'être méchant à cause de trois amis? Est-il possible d'être celui qui donne les ordres – « pissez-lui dessus ! » – et d'être le gentil? Et si c'était possible, d'être à la fois le plus violent, de faire pipi dans le cou, dans les yeux, sur la bouche, de dire « ouvre », et d'être le plus gentil?

River ne sait pas répondre et se met à trembler. Ses jambes ne la soutiennent plus. Elle s'assoit au pied du téléphone, le fil toujours tendu vers son oreille. Elle attend parce qu'elle veut tout entendre, vraiment tout, ne rien avoir à imaginer de pire ensuite. Le pire est un cauchemar avec des bras en forme d'étagères, des étagères en forme de bras. À un moment, River lâche: « Laissez-moi tranquille, je ne vous ai rien fait. » Et puis elle ferme les yeux, attend encore. « Je suis en bas de chez toi River, n'aie pas peur, je suis dans ton camp je te dis. Ce sont les autres, les méchants. Crois-moi. » River se demande comment ne plus jamais retourner au collège, changer de ville, changer de pays, même. Elle voudrait en finir avec ce collège-là et repartir de zéro, ailleurs. Mais partout on la jugera bizarre, trop zarbi, chelou. Y a-t-il des vies moins compliquées?

se demande-t-elle. Y a-t-il des silences gentils ? Y a-t-il des mensonges vrais ? Quand la ronde des questions démarre dans sa tête, River se sent partir. Elle a déjà dit à Mme Proutsheur que sa pensée n'est pas sa meilleure amie. Il lui arrive de détester son crâne comme si c'était celui d'un tyran malfaisant. Il est arrivé que d'autres thérapeutes l'incitent à se considérer comme légitime, partout, tout le temps, malgré ses différences. « Des originalités, pas des différences. » Mais au moment d'agir, les conseils de tous ces gens avisés sont autant de lances dans sa tête, qui au lieu de la conseiller, la blessent davantage parce que River a l'impression de trahir tout le monde, ses parents, ses camarades, le proviseur, quand elle répond « OK, Alanka, je descends » pour qu'enfin cesse la ronde des lances.

. 16

« Je remonte dans dix minutes », a lancé River par la porte de la salle de bains à grand-mère Hugues qui barbotait. River a fait mine de ne pas entendre le « Où vas-tu, ma belle chérie ? » qui a suivi et elle a quitté l'appartement. Prendre l'ascenseur en situation de danger est dangereux, s'est-elle souvenue, alors elle a emprunté l'escalier. « T'es là ? m'a-t-elle murmuré dans son téléphone bien collé à l'oreille et parlant si bas que je l'entendais à peine. J'y vais, je vais voir ce qu'Alanka veut me dire, mais c'est la dernière fois que j'obéis. Si je ne t'ai pas rappelée dans cinq minutes, téléphone à la maison, grand-mère Hugues est dans le bain mais elle te répondra et viendra me sauver. OK ? »

Je lui ai proposé de garder son téléphone allumé, dans sa poche, avec moi en ligne. Elle a dit oui. J'ai senti ouf. Elle a glissé son portable dans sa poche et elle m'a demandé si je l'entendais, même du fond de la poche. Du coup, en arrivant devant Alanka qui la guettait, un peu en retrait, prêt à se rabattre derrière l'ascenseur si quelqu'un arrivait, elle est solide, elle se sent forte. Et si M. Iratsoki habitait dans cet immeuble ? Oui, si manque de pot, le proviseur du collège apparaissait tout à coup ? River prend ce recul d'Alanka pour de la peur. C'est de la prudence, mais une prudence apeurée, se dit-elle. Elle me sent comme une petite lumière dans sa poche, elle est réconfortée parce qu'elle me sait là, à ses côtés. Alanka fait un signe de la main à River. « Approche. » Comme s'il voulait l'entraîner dans la partie retirée de la cage d'escalier, ce petit retour qui mène vers la cour, et offre un passage camouflé où River aimait se cacher quand elle était petite. En criant « Ouh ! », elle sautait sur papa ou maman quand ils pénétraient dans l'immeuble. River reste debout dans l'escalier, quelques marches au-dessus d'Alanka mais, répondant à son invitation à le suivre, elle accepte de faire quelques pas vers lui. « Pour ne pas lui montrer que j'ai peur », me dira-t-elle plus tard. Elle s'attend à ce que les trois autres surgissent et elle compte leur dire la chose suivante : « Vous savez comme moi que vous m'avez torturée dans les toilettes. Je n'ai pas donné vos noms. Demain, si vous me touchez, je les donne. » Mais soudain, River panique. *S'ils me tuent en me touchant, comment je parlerai ?*

Alanka semble avoir bien préparé son speech. Il répète que ce sont les trois autres, les vrais responsables de cet « incident ». « Le mieux pour toi, répète-t-il à River, c'est que tu gardes le secret. Si tu parles au proviseur, on se fera virer, et là, comment te dire, River... Si on se faisait virer, ils t'attendraient. Partout et tout le temps. Je te le dis parce que je t'aime bien. Je te préviens, par sympathie. Je ne suis pas méchant, tu vois. Sois grande, allez, oublie ça, c'était des bêtises de toute façon, on te laisse tranquille. Mais tu la boucles. »

River recule sans faire exprès. Elle remonte même d'une marche l'escalier. « Amis ? » propose Alanka en lui tendant la main. Mais elle tient le téléphone. Elle ne veut pas sortir la main de sa poche pour la tendre alors elle tend l'autre. Alanka s'impatiente. « Oublie, OK, River ? Oublie et ne balance pas. Sinon... »

Sinon quoi ? se demande River en triturant son téléphone dans sa poche. Elle trouve à Alanka les yeux pailletés, comme Raymond, et puis elle voit bien sa moustache naissante, un peu similaire à celle de grand-mère Hugues. Elle le détaille. Il a l'air pressé, pourtant il ne bouge pas. « Excité », ou « agité ».

Surtout quand on entend une porte, quelques étages au-dessus, et une voix qui appelle: « River? River? Tu es dans l'escalier? Où vas-tu comme ça? »

Grand-mère Hugues a jailli de son bain. Elle n'ignore pas que River a été « embêtée » à l'école, alors elle trouve cette sortie intempestive très étrange. Ce n'est pas dans le genre de River de filer de la maison, surtout juste après avoir imploré de passer le week-end avec sa grand-mère.

« River, mon petit, réponds-moi! Tu es dans l'escalier? Tout va bien? »

Grand-mère Hugues n'a pas vu River passer le porche et sortir dans la rue. Quand elle s'est précipitée hors de l'eau pour l'apercevoir, elle ne l'a pas vue. Elle en déduit que River est encore là, dans l'immeuble.

« Réponds-lui! ordonne Alanka. Allez! » Sa voix est basse mais elle n'est pas très sympa. Il y a quelque chose dans sa voix comme une lame ou des gifles, avec des menaces. « Réponds, sinon... »

Sinon quoi?

River répond à grand-mère Hugues qu'elle remonte tout de suite. Elle le dit en regardant Alanka dans les yeux, la main toujours serrée sur le téléphone, dans sa poche. Il hoche la tête, comme pour dire « très bien ». Ou autre chose. Mais quoi ? Elle n'arrive pas à se retourner pour remonter l'escalier. Elle a peur de tourner le dos à Alanka. Elle remonte en marche arrière. Un cran. Il reste là, en bas, muet. Grand-mère Hugues n'a pas refermé la porte à l'étage. Elle l'attend. Alanka s'approche de River, la main tendue vers sa poche. Que cache-t-elle dans sa poche ? Pourquoi garde-t-elle la main dans cette poche ? Il l'interroge trop brutalement, même si c'est seulement du regard. Je lui murmure de remonter au plus vite, elle m'entend sans avoir besoin de sortir son téléphone de sa poche. Quelques marches encore en regardant vers le bas puis elle se retourne et court. Elle détale. Elle s'enfuit. *J'ai perdu, j'ai montré que j'avais peur*, pense-t-elle. Mais quand elle voit grand-mère Hugues sur le palier, elle se calme. Tout va bien, Alanka n'est qu'un gosse, un sale gosse, le méchant de la classe comme il y en a toujours eu un par classe. Il est juste venu avouer sa peur. Il a demandé à River de ne pas rapporter. Il n'a pas dit « s'il te plaît », mais presque. Il a peur, c'est tout.

Grand-mère Hugues ne sait pas comment s'y prendre, alors elle ferme la porte à clef et glisse la clef dans sa poche. « Je prenais l'air dans la cour », lui raconte River mais grand-mère Hugues ne la croit pas. Elle connaît les yeux de River, son regard qui cherche, partout, quand elle est triste ou quand elle a peur. « Tu veux me raconter ? » propose grand-mère Hugues, mais River dit non et part dans la chambre. Elle sort le téléphone de sa poche pour me rappeler. Elle s'assoit sur son lit. Sa pile de livres, son mur de noir, ne contient plus d'espace vide. Elle ne veut pas que la lumière arrive sur son lit. Elle a tiré les rideaux de la fenêtre. Alanka, même s'il saute très haut, de plusieurs dizaines de mètres par exemple, ne pourra pas apparaître derrière le carreau. *C'est juste un sale gosse*, se répète-t-elle avant de décider de ne jamais parler à qui que ce soit, de ne jamais rapporter, balancer. « Si je me tais, ils me laisseront tranquille », me dit-elle, m'ordonnant du même coup de ne jamais avouer aux parents ce que je sais. En retour, j'exige qu'elle répète les règles essentielles : jamais seule dans les escaliers, jamais seule dans les vestiaires ou les toilettes. Mais grand-mère Hugues n'est pas du genre à abandonner son enquête. Elle appelle River pour dîner, en criant : « Plateau film, ma chérie ! » Et quand River arrive au salon et trouve la table basse installée comme pour un pique-nique, elle se demande pourquoi l'école est obligatoire et si ce ne serait pas plus simple finalement d'apprendre la vie avec grand-mère Hugues. La vie serait bonté, plaisir, douceur. On finirait peut-être par s'ennuyer, constate-t-elle, mais sans la peur, on serait bien.

« On est bien, non ? » dit grand-mère Hugues en tendant à River un bon sandwich épais bourré de salade, de jambon, de cornichons et de mayonnaise. Un bon sandwich normal dans une bonne baguette normale. Grand-mère Hugues est la seule de la famille à ne pas broyer la nourriture de River. « Il suffit de prendre le temps de mastiquer », dit-elle. Quand River est zen, tout se passe bien.

À l'intérieur de River, il y a des montagnes, alors il y a des avalanches, parfois. Mais le plus souvent, il n'y a rien d'autre que le silence, le calme, et un monde plus grand qu'elle qui pourtant ne lui fait pas peur. Le monde des autres lui fait bien plus peur que le sien. Elle aura quinze ans dans sept jours et huit heures, douze minutes. Elle décomptait les jours mais depuis mon départ elle s'est mise à décompter les heures, puis les minutes. Compter la calme. Dans sept jours, huit heures et onze minutes, il sera 14 h 10 et River ressentira son anniversaire. Elle attendra le soir et le retour à la maison pour le fêter, mais elle ne peut pas s'empêcher de rêver. Oh, elle ne rêve pas à un anniversaire surprise organisé par des camarades de classe, mais plutôt à un grand chambardement. Et si, en fait, la méchanceté des autres cette année n'avait été que le chemin à parcourir pour vraiment mériter ses quinze ans ?

En croquant dans son sandwich et en regardant sa grand-mère la regarder, elle a la solution : dans sept jours, huit heures et dix minutes, la vie va changer. Mais pour le moment, le téléphone sonne encore. « Tes parents ? » se demande grand-mère Hugues en allant décrocher. À sa manière de dire « River, téléphone pour toi, c'est Mathieu », River comprend qu'il y a encore sept jours, huit heures et neuf minutes à tenir.

. 17

Le week-end passe beaucoup trop vite. Quand River entend les parents rentrer, elle se rend compte d'une chose : nous sommes dimanche soir. Puis elle en déduit une deuxième : demain, c'est lundi. Certes, lundi, je reviens de Barcelone mais mon retour de voyage a lieu en début de soirée, donc après l'école. Avant, River doit faire une dernière petite chose pour Alanka et les trois T. Elle m'explique ça l'air de rien et je suis encore obligée de me fâcher. Sachant que personne ne la fera fléchir, je lui demande une seule chose, se rappeler la règle essentielle : « jamais seule dans un lieu risqué ». Mais River m'explique que tout est différent maintenant qu'elle a tenu tête à Alanka dans l'escalier de notre immeuble. « Je te jure, se justifie-t-elle, j'ai été déconcertante, je n'ai jamais baissé les yeux devant lui ! »

Dans la soirée qui a suivi leur face-à-face, Alanka l'a rappelée pour lui demander vingt euros. « C'est rien pour toi, vingt euros, non ? » Mais comme avec ses économies, River a acheté un chapeau pour l'anniversaire de maman, elle n'a plus vingt euros et m'a demandé la permission de me les emprunter dans ma boîte. Je me suis mise en colère, j'ai refusé qu'elle le fasse. C'est du racket ! Alors River a répété le mot. Racket, racket, racket, mais elle n'a pas trouvé la balle pour rebondir contre le mot, et le détruire. Elle a senti la panique monter si fort qu'elle a volé les vingt euros. « Pas dans ta boîte, puisque tu ne veux pas, m'a-t-elle dit, mais dans le portefeuille de maman. » J'ai crié, j'ai menacé d'appeler maman pour tout rapporter, mais la voix de River s'est brisée, elle m'a suppliée. Elle a promis que son argent de poche, à la fin de la semaine, filerait illico dans le porte-monnaie de maman. « Je ne suis pas une voleuse, répète-t-elle, mais je sais que si je lui donne ses vingt euros, si je le dépanne sur ce coup-là, il ne m'embêtera plus. C'est comme si j'y étais. Je l'imagine, Raymond dans les bras, comme un bébé River. Je raccroche plus vite que d'habitude. Mes copines m'attendent, et Tristan aussi.

Lui et moi, on ne s'est pas encore embrassés. On a failli mais on a reculé. Ce n'est pas la peur, c'est plutôt l'envie que ça dure encore. L'attente, c'est vraiment chouette. Après, quand ce sera fait, j'ai peur qu'il s'éloigne. Avant, c'est toujours bien avec les garçons, paraît-il. Tristan est peut-être différent, mais je me méfie quand même. Je ne voudrais pas être déçue dès le début de ma carrière amoureuse. C'est grand-mère Hugues qui appelle ça une carrière et ça fait gronder grand-mère Pa. Une chose est sûre : je préfère rester amie avec Tristan le plus longtemps possible. Comme ça, il rôde pas loin. On se cherche, c'est comme un jeu entre nous. Parfois, c'est moi qui le cherche des yeux. Généralement, il est en train de me regarder. Il ne doit pas avoir envie de passer pour un ravi qui sourit tout le temps alors parfois il lui arrive de m'adresser une sorte de regard plus dense, mais clair. Ce n'est en tout cas pas un regard qui met en danger. Je crois qu'il a les yeux enveloppants. Rien à voir avec Alanka qui regarde River, fixement, « brûlamment » dit-elle, comme pour la bousiller à distance ou par avance.

Elle m'a promis que ça s'arrêterait là, vingt euros et point final. Je l'ai raconté à Tristan. Je suis allée vers lui comme si on était déjà ensemble et je lui ai parlé d'un problème urgent, quelque chose de terrible que je n'ai le droit de répéter à personne. Son père est entraîneur de foot, alors il sait sûrement comment s'y prendre pour régler un conflit. J'ai raconté que River était maltraitée par Alanka et la bande des trois T, j'ai raconté qu'elle était parfois torturée, et à présent rackettée. Il m'a répondu: «OK, je vois, on va se les faire.» Et je n'avais jamais vu dans les yeux de Tristan autant d'implication. Son «on» m'a émerveillée parce que c'est vraiment un terme adulte, une décision collégiale. J'ai apprécié de ne plus me sentir seule. Tristan a souvent vu River errer dans la cour du collège, il a tout compris à son manège. Il a très bien repéré quand River s'approche d'un groupe pour avoir l'air occupé, mais que le groupe recule pour ne pas se mêler à elle. Il lui est même arrivé de la suivre, pour comprendre sa façon d'être. Lui-même est assez solitaire, mais il n'a jamais été pris pour un timbré. Sa façon d'évoluer seul satisfait tout le monde. On ne lui cherche jamais de noises et il sait aussi s'investir dans un groupe. Curieux de vraiment comprendre River qu'il m'a avoué trouver presque aussi jolie que moi. Il l'a souvent étudiée, alors il a diagnostiqué: «Tu sais, ta sœur a juste besoin d'avoir quelques amis, même éloignés, afin de ne pas être exclue de tout, mais elle aime bien sa solitude.»

Je lui ai demandé son aide et il n'en a même pas profité pour m'embrasser. C'est un garçon bien, dirait grand-mère Hugues. Il y a quelque chose qui cloche là-dedans, dirait grand-mère Pa. Il projette certainement un coup par en dessous. Mais grand-mère Pa, on n'a pas envie de l'écouter.

Manque de chance, le dimanche de grand-mère Pa tombe aujourd'hui. Elle ne l'a pas déplacé malgré le départ en week-end des parents et malgré mon absence. Quand papa lui a dit que ça n'allait exceptionnellement pas coller pour ce dimanche, elle a seulement suggéré de transformer le déjeuner traditionnel en dîner du soir. « Ce sera encore plus rigolo de dîner », a-t-elle-même précisé. Papa ne l'a pas dit à maman mais il s'est arrangé pour abréger le week-end d'une heure afin d'être là avant grand-mère Pa. Sans craindre sa mère, il la sait très à cheval sur ce qui se fait. Quand un parent vient, son enfant se doit de toujours répondre présent et de se tenir là, avec tous les siens, « gentiment vêtus » si possible, la table mise même si la vie trépidante que mène, à raison, son enfant, ne lui laisse pas toujours le temps de préparer un repas collet monté, et cela, ouf, elle le comprend. Après avoir dénombré que tout le monde est là, sauf une personne, mais ça, c'était prévu, grand-mère Pa dénombre les couverts à table. River tient certainement son goût des maths de grand-mère Pa. Celle-ci fait toujours la moue quand on le lui fait remarquer, mais il faut bien trouver des similitudes entre les membres d'une famille, même quand River entre dans la course. En dénombrant une nouvelle fois les places à table, grand-mère Pa constate finalement qu'il y en a une de trop. C'est celle de grand-mère Hugues qui n'a pas décampé au retour des parents. Elle aime prendre son temps. Et puis ce soir, rester lui permet d'assister à la catastrophe, donc d'adoucir les choses, quand grand-mère Pa sort de son sac un mug imprimé à l'effigie d'Émofil, le lapin. Elle est venue les mains vides le soir de l'anniversaire de papa, la charlotte l'encombrant trop pour apporter quoi que ce soit d'autre. Elle est heureuse, ce soir, d'offrir à son fiston ce petit cadeau utile et tendre, en souvenir d'Émofil. Qu'il aimait tant. Que tout le monde aimait tant. Que même maman dont il a rongé le coffre à bijoux en bois aimait tant. Que River aimait plus que tout.

Émofil a sonné un soir, à l'étage. On n'attendait personne à la maison. Maman a demandé qui c'était mais il n'y a pas eu de réponse. Elle a ouvert. Sur le palier, un petit lapin gris attaché à la rampe de l'escalier par une longue ficelle refusait de la regarder et, buté, scrutait l'escalier. Maman nous a appelés et on a découvert le lapin, et maman accroupie tout près, qui lui parlait. Elle lui a demandé d'où il venait, où étaient ses parents, s'il avait une maison, pourquoi il avait sonné chez nous et pas ailleurs. Et en parlant, elle a détaché sa laisse et conduit le lapin dans la maison. Bizarrement, papa était tout excité. Le lapin gris clair lui rappelait Névralgique, un lapin marron foncé qu'il avait eu enfant. Alors il n'a pas cherché longtemps et il l'a appelé Émofil, nous montrant comment le porter, le caresser, ne pas l'effrayer. Il lui a fabriqué un abri et quand maman a parlé de cage, il a fait la sourde oreille. Elle a alors reparlé de la provenance d'Émofil, et papa a tranché. Les gens du sixième venaient de déménager et sans doute que ceci expliquait cela : ils avaient abandonné leur animal devant chez nous parce qu'on leur semblait « bons », terme choisi par papa pour imposer ce lapin. On est bons, donc on le garde, et tout le monde s'est réjoui.

Deux jours après, alors que River était seule à la maison pour un temps très limité, grand-mère Hugues arrivant d'une minute à l'autre pour la garder après le départ des parents, River a trouvé Émofil derrière le radiateur, coincé depuis un moment parce qu'il était brûlant. Ne sachant comment le raviver et le trouvant très affaibli par la chaleur, elle l'a humecté au lavabo. Constatant qu'il réagissait peu, elle l'a déposé dans le bac à légumes du réfrigérateur. Pour elle, c'était logique. Après, elle a compté jusqu'à dix. Et quand elle a rouvert, elle a vu qu'Émofil allait mieux. Sûrement stressé par la situation, il a fait des tours dans le bac à légumes, comme ragaillardi ? River, heureuse de l'avoir sauvé, a décidé de l'y laisser encore soixante secondes. Elle est partie téléphoner à maman en comptant jusqu'à soixante. Elle lui a raconté le radiateur, la chaleur du radiateur, le pauvre Émofil presque brûlé, et sa résurrection sous l'eau froide, puis au frigo. Et maman a dit qu'elle avait eu les bons réflexes et qu'il serait bien à présent qu'il se repose un peu. « Il a dû avoir drôlement peur. » Elle a demandé à River d'organiser un barrage autour du radiateur pour qu'il ne puisse plus l'approcher. River a réfléchi au mieux et elle a décidé de fabriquer une petite clôture en bois, comme dans les champs. Elle a découpé des cagettes trouvées dans la cuisine, elle a noué les morceaux de bois avec de la ficelle, avant d'aller chercher une pince à épiler pour retirer quelques échardes bien enfoncées dans la pulpe de ses doigts. Elle s'est désinfectée à la Biseptine, fière d'elle, assez contente de pouvoir expliquer à maman qu'elle était apte à vivre comme une grande. Elle l'a rappelée pour lui raconter qu'elle avait fabriqué une barrière idéale, qu'elle peindrait certainement en vert un peu plus tard. Maman l'a félicitée. Avant de raccrocher, elle lui a demandé si le lapin se sentait mieux. Et il y a eu un blanc.

Après le blanc, grand-mère Hugues est arrivée. River était pelotonnée par terre dans la cuisine, le lapin à ses pieds, sur lequel elle soufflait pour le réchauffer. Elle savait que c'était peine perdue. Grand-mère Hugues a ramassé la petite bête et serré River dans ses bras. Maman est arrivée peu après car, à l'écoute du blanc, elle avait compris le problème. Les deux femmes se sont occupées du lapin tandis que River, désespérée, pensait à ce qu'elle avait fait. «Il a dû avoir peur.» «J'ai tué le lapin», a-t-elle répété toute la journée et des mois durant. Papa a essayé d'être sympa. Il a prononcé comme maman des «pas de ta faute», «c'est plutôt le chaud qui l'a brûlé», «c'était un accident», «tu as cru bien faire». Mais River a toujours pensé que papa lui en voulait. Après Névralgique, Émofil. Que de peines pour une seule vie d'homme. «Papa a mal, ça se voit», avait dit grand-mère Pa.

Le mug posé sur la table ressemble à un défi. Grand-mère Hugues, exaspérée par ce présent, regarde River qui encaisse. Papa, lui, encaisse mal. Il prend le mug pour le poser ailleurs, mais grand-mère Pa lui demande ce qu'il va en faire: un vase? Un pot à crayons? Une habitude pour son café du matin? Elle trouve Émofil trop mignon avec ses petites oreilles rabattues vers l'avant. «Il était quand même drôlement expressif. Moi qui n'aime pas les bêtes, je dois dire que je le trouvais sympa.» River encaisse toujours mais ce sont les yeux de papa qui s'embuent. Il existe une buée de colère. Papa sent qu'il va retourner la table s'il ne choisit pas de dire des mots. Des mots pour sauver sa River. Alors il dit: « Maman, pourquoi n'essaies-tu jamais la gentillesse ? » Devant le silence qu'il impose, il ajoute: « C'est vrai. Qu'est-ce que ça te coûterait d'être gentille ? Ça t'amuse de blesser tout le monde ? Tu tires quoi comme plaisir de tes petits coups par en dessous ? » Et c'est maman, inquiète à l'idée du conflit qui risque d'éclater, qui pose sa main sur celle de papa, sans parler. Papa regarde River et il dit pour la première fois: « River, je sais que l'histoire d'Émofil te fait mal, et on ne peut rien changer à ce qui s'est passé. Mais ta barrière, je l'ai gardée, parce que c'était la plus belle du monde. »

Grand-mère Pa qui a la qualité de « passer sur les choses » a pouffé. On dirait qu'elle ne ressent pas la profondeur des choses. Elle ne doit pas pouvoir ressentir ce qui s'est passé dans la tête de son fils. Mais River, oui. Papa vient de s'opposer à sa mère pour elle. Et il n'a jamais réussi à le faire pour maman, alors c'est une preuve irréfutable. Oui, si elle a besoin de preuve, River sait maintenant que papa l'aime autant que moi, l'enfant rêvée.

. 18

J'ai raconté à River les détails de mon voyage. Elle a posé deux cents questions, mais je la connais. Parler est sa façon de ne pas répondre à mes demandes. Comment s'est passé son lundi au collège ? Elle dit juste qu'Alanka a dit « bien » quand River lui a donné les vingt euros. Quand je veux savoir s'il a exigé d'elle autre chose, elle se débrouille pour changer de sujet. Soudain, il y en a plein qui lui tiennent à cœur : la sortie de fin d'année en forêt ; la journée de concours sportif avant la soirée post-brevet. Je doute quand elle m'explique que ce qui l'attend est génial. Elle veut me faire croire que vendredi, elle était au fond du trou. Et lundi, elle se serait débarrassée de vingt euros de trop et serait désormais joyeuse ?

« L'argent ne fait pas le bonheur », dit grand-mère Hugues. « Mais il y contribue », marmonne grand-mère Pa. Pour se faire une idée sur le sujet, River se demande comment elle aurait dépensé ces vingt euros. Ils lui reviendront à la fin de la semaine, le jour de son argent de poche, et comme promis, elle les remettra dans le porte-monnaie de maman. La semaine suivante, dans la poche de papa qu'elle vient de voler pour répondre à une nouvelle demande d'Alanka. Tout passera inaperçu. Avec vingt euros, elle aurait pu s'acheter une palette de maquillage, mais elle déteste ça. Un vêtement. Mais ça ne l'attire pas. C'est exactement comme les brosses à dents sur les étalages. Ça la fait rigoler. Les filles devant les rayons de fringues ou devant les miroirs, les filles qui hésitent. Ça la fait rigoler. Et elle ne se voit pas faire pareil. Ça forme un camembert à six parts dans sa tête : ennui. Vide. Ennui. Vide. Ennui. Court-circuit. River s'habille avec les vêtements que maman lui achète ou ceux qu'elle lui emprunte parfois, moins par goût que par envie d'avoir sur elle un peu de l'odeur de maman. Ce n'est pas son parfum, c'est plutôt son « propre » qu'elle recherche, son propre qui dure quand on le porte. Quand, ce matin, elle a tendu les vingt euros à Alanka et qu'il lui a refermé la main en murmurant sèchement « T'es folle ou quoi ? Me donne pas ce fric pile au milieu de la cour ! », elle a discrètement plongé son nez dans son tee-shirt et l'odeur de maman est sortie. Elle a parcouru l'esprit de River, via ses narines, et River s'est sentie rassurée. Ses vingt euros en poche, elle a attendu qu'Alanka lui signale le bon moment. Il l'a fait avant la cantine. « Vas-y, file-moi le blé. »

Quand River a donné les vingt euros, elle a ressenti un poids en moins. Comme quoi, grand-mère Hugues a raison. L'argent ne fait pas le bonheur. Elle a filé à table. Diane et sa bande se sont assises pas loin d'elle, sans lui parler, et elle a pensé à la seconde. Donc à la première. Puis à la terminale. Encore trois années à tirer avant la liberté. Cette fichue envie d'aller aux toilettes l'a prise après le déjeuner mais elle s'est retenue. Impossible. Elle m'a demandé ce que j'en pensais et je lui ai donné raison. Impossible. Je n'étais pas là pour l'accompagner alors il ne fallait pas y aller. « C'est bien, ouf, ça commence à rentrer dans ta tête » j'ai dit. C'est tout ce qu'elle s'est rappelé du lundi. « Et maintenant, t'es revenue, c'est cool, je n'ai plus rien à craindre », elle a dit.

Après, elle s'est endormie mais elle a rêvé d'un homme qui rentrait dans notre chambre pendant la nuit, malgré la porte close et les volets fermés, alors elle a crié pour nous alerter et on lui a répondu que c'était normal qu'il soit là, qu'il avait les clefs et que, même si on ne le connaissait pas, il était chez lui. Elle a demandé de qui il s'agissait mais personne ne l'a éclairée. On lui a dit que c'était « lui ». Elle s'est rapprochée de moi pour que je lui réponde autre chose, pour que je lui donne raison, « oui ce type est un intrus ! » mais j'ai nié, à l'instar des autres, le moindre problème. Alors River s'est réveillée en hurlant et Mme Stocklin a téléphoné pour réclamer le silence, et j'ignore ce qui a pris papa qui l'a traitée d'Émofil. Du coup, maman lui a fait la morale, choquée qu'il se permette des sorties pareilles, déçue qu'il se serve d'une maladie terrible, même mal orthographiée, comme d'un juron, « vraiment t'es con quand t'es nul et t'es nul quand t'es con ». Après quoi, River s'est rendormie.

L'obsession de son mardi, c'est d'éviter la sortie scolaire en forêt du jeudi et surtout Alanka qui vient de lui faire un geste en frottant ses trois doigts : le pognon, s'il te plaît. « Ça s'appelle du racket, River. » Ma voix insiste dans sa tête. « Du racket, River, et rien d'autre. » River se demande comment trouver de l'argent cette fois, dans quel sac fouiller, mais je la recadre. « C'est interdit, le racket, tu dois le dire cette fois, ou je le fais. Je le dis aux parents. Au proviseur. Dis-le ou je le fais. » River détourne la conversation.

Elle va le faire, mais elle ne sait pas encore quand. Son but, dans l'immédiat, est d'éviter la sortie en forêt. Ce sera l'horreur dès le car, quand elle sera assise seule ou à côté de quelqu'un qui lui montrera forcément à quel point elle dérange. Même si elle prend soin de se doucher le matin, de soigner ses ongles, même si elle évite de trop gigoter. Il y en a bien un sur ses huit thérapeutes, demain, qui va lui donner une clef pour éviter la sortie scolaire. Sinon à quoi bon ?

C'est papa qui propose. Il demande à River si la sortie la tente ou si elle préfère l'éviter. La réponse ne tarde pas. Le proviseur, alerté par les parents qu'elle ne fera pas la sortie, la convoque pour la faire parler. Il veut les noms des coupables. C'est maintenant. Elle sait et elle doit parler. Sinon, il annule la sortie pour tout le monde. Il a trouvé la punition collective. « Allez, ma grande, tu dois me dire qui t'a agressée aux toilettes la semaine dernière. » Il reparle des policiers. Il compte les convoquer si River ne parle pas. Balance, balancette, balanceuse… River n'y arrive pas. Elle dit qu'elle dira. Plus tard. Bientôt. Elle a besoin d'encore un peu de temps. Alors M. Iratsoki répond « comme tu veux » et il annule la sortie. Il dit qu'il va passer par la police. « Aux policiers, tu répondras peut-être. Quoi qu'il arrive, je finirai par savoir. » Il ajoute qu'il ne le fait pas seulement pour

River ou la réputation de son établissement, mais pour tous les élèves. La moindre agression doit être punie. « Aide-moi, River. »

Il faut voir les regards des élèves une fois l'annonce faite à la classe. Il y a surtout ceux qui sont sans regard, parce qu'ils évitent de regarder vers River. En fait, ils ne savent pas encore s'ils doivent lui en vouloir. Ils doivent d'abord évaluer la situation tous ensemble. River a-t-elle le droit, au nom de son silence valeureux, de priver toute la classe d'une sortie ? Bien sûr, pensent certains, vraiment ennuyés pour elle que l'agression ait été « sauvage ». M. Iratsoki a dit « sauvage ». C'est quoi « sauvage » ? Comme des bêtes ?

– À mon avis, dit quelqu'un, ils ont carrément tapé dessus.

– Oui, mais elle n'a pas de bleus.

– Alors ils l'ont *violée*. Ça ne laisse pas de trace.

– Elle ne serait pas revenue si vite au collège !

– Sinon quoi ? Ils l'ont étouffée ?

Olga a remarqué que River ne s'appuie plus contre le dossier de sa chaise. River, qui d'ordinaire se soucie peu de la tenue de son dos, a tendance à s'avachir sur les dossiers. Depuis le problème, elle reste très droite, ça change vraiment son attitude. Quand River entend Olga expliquer cela à Diane et sa bande, elle ressent une satisfaction, une espèce de bonheur. Son amie d'avant ne l'a pas tout à fait oubliée. Et elle la connaît en détail même si elles ne se voient plus. River n'entend pas tout ce qu'on dit d'elle, mais elle remarque les regards qui se détournent. Ils ont besoin d'un temps de repli pour réfléchir, se faire une opinion. L'ordinaire est cassé on dirait. Aujourd'hui, c'est déconseillé de se moquer de River par principe. « Faut être adulte » est une phrase que River a entendue sortir d'une bouche. Juste derrière la phrase, elle a vu Tristan, qui n'a pas détourné les yeux et lui a même adressé un sourire tranquille, ou intense, ou les deux. En tout cas, c'était un vrai sourire. Délicat ? Attentionné ? Un jour, ils se sont parlé. River a trouvé ça bien, avant de penser : *C'est un seconde, il veut sûrement se moquer de moi. Il est plutôt pour ma sœur.*

Avant la cantine, des policiers sont entrés dans l'école et River a cherché Alanka et la bande des trois T pour savoir s'ils les avaient vus. Elle n'a pas eu besoin de chercher bien loin. Déjà à deux pas d'elle, ils ont dit : « River, tu balances nos noms, t'es morte, OK ? T'as le fric ? » River n'a rien. Elle n'a pas voulu se servir à nouveau dans le portefeuille de papa ou de maman, elle n'a pas d'économies, et elle sait que si elle recommence à voler, je raconterai tout. On en a assez parlé toutes les deux. « Pour que ça s'arrête, il faut arrêter. » Tristan la regarde toujours mais il s'est approché du groupe. Alanka et la bande des trois T l'entourent, essayant de sourire gentiment l'un après l'autre, pour faire croire... Toujours pour faire croire ! Elle les recompte mais dénombrer ne la calme pas. Ce qui la remplit de confiance, c'est Tristan qui a marché du fond de la cour vers elle. *Il a le pas distingué d'un chat sauvage*, pense-t-elle.

– T'as bien entendu ce qu'on t'a dit ? lui demande Alanka.

Elle ne répond rien. Elle regarde Tristan.

– Le fric, demain, OK ?

Elle regarde toujours Tristan mais soudain il disparaît. D'autres élèves passent entre eux. La voix d'Alanka se fait alors plus audible.

– Je passerai chez toi ce soir. Tu n'auras pas besoin de descendre. Mets l'argent dans une enveloppe. Tu la lanceras par la fenêtre quand je sifflerai.

Quelqu'un siffle dans son cœur, qui n'est pas Alanka. Ils s'éloignent, tous les quatre, avec leurs démarches balourdes et leurs sales têtes. River sait que le proviseur va la convoquer sous peu et qu'elle ne devra pas parler. Les policiers sont-ils dans l'école pour cette raison-là ? Sont-ils venus pour elle ? Elle sent quelque chose se déplacer en elle, et ce n'est pas de la colère. Elle se demande de quoi il s'agit.

Une tempête ? Un peu comme dans un Tex Avery, il lui semble que ses organes se regonflent, que ses os se replacent. Au même moment, Tristan réapparaît, mais beaucoup plus près.

– Salut River ! Tu sais, je voulais te dire…

Après, il ne dit rien. River lui demande :

– Quoi ?

Et il répond :

– Que.

Puis plus rien, à nouveau. Il y a un silence, mais pas comme une hache entre eux. Un silence comme un fil que River pourrait voir. Avec Olga, au début, il y avait ce fil aussi. Plutôt épais comme une corde. Avant qu'il devienne aussi fin que ces bracelets en fil de coton avec lesquels on fait des vœux, et qui doivent se briser pour se réaliser.

. 19

Sortie annulée par Iratsoki. Donc lente-longue journée transformée en étude. Les profs ont proposé de faire réviser leur brevet aux élèves. River n'a pas ressenti de méchanceté chez les autres. Personne ne lui a jeté la sortie annulée à la figure. Il y avait un début d'accueil. Est-ce dû à la présence des policiers dans le collège ? Elle a même trouvé qu'Olga se rapprochait d'elle. À un moment, elle s'est assise à côté de River, sans rien dire, juste comme ça, parce qu'il restait une place et qu'elle n'a pas tenté d'en chercher une autre. River a eu la tentation de la coller pour le reste de la journée mais elle a pensé à moi et elle a résisté. Elle écoute les conseils que je lui donne et bientôt je n'aurai plus besoin de les prodiguer pour qu'elle les applique. Je suis sa voix tranquille, sensée. En toutes circonstances. Comme hier soir. Dans la chambre. Quand je lui ai interdit de répondre aux sifflements d'Alanka.

Il a commencé vers dix-neuf heures trente par un sifflement entre ses doigts. Bien sec et très sonore. La fenêtre de la chambre était fermée et River s'est tenue loin du rideau. Il a sifflé à nouveau. Et puis encore. Mais River s'est forcée à penser qu'il s'agissait d'un klaxon ou d'un oiseau de plus. Rien de bien grave. « Je n'ai pas entendu », a été sa réponse à l'arrivée en cours, quand il lui a demandé ce qu'elle avait foutu. « Ouvre ta fenêtre ce soir », a-t-il dit, avant des expressions brutales comme « je te préviens », « je serais toi » ou « tu as intérêt ». Mais River n'a pas réagi. Elle a mûri la suite dans sa tête. Et Alanka a ajouté :

– Au fait, si je n'ai pas le blé ce soir, tu verras qu'on trouvera comment faire du mal aux gens que tu aimes : ton cochon d'Inde, ton chien, ton chat, ta mère, ton frère, ta sœur, t'as une sœur ? Une méthode pour chacun, d'accord, t'as bien entendu ?

River a alors ressenti une immense douleur à moi. Imaginer Alanka et les trois T me faisant la même chose qu'à elle a soudain été plus douloureux que son dos. Imaginer que leur violence pourrait se diriger contre moi l'a agitée. Elle a eu envie de me recouvrir, comme pour me cacher, alors elle s'est agitée bizarrement dans la cour, comme aux pires époques de sa vie, celles de Marie-Jess ou d'Émofil, et elle a attiré quelques moqueries de la part de la bande. Elle a été obligée de s'enfuir pour me cacher. Elle a pensé qu'en courant, elle attirerait la colère sur elle, à cause de sa fuite, et pas sur moi. Puis elle s'est calmée. Elle s'est dirigée lentement vers le bureau du proviseur. Elle s'est assise devant sa porte, sans chercher à entrer, juste pour suivre mes recommandations et se trouver dans une zone sans danger. Elle m'a emportée dans sa tête, *dans ses parois*, elle a pensé. Elle n'est pas allée se cacher aux toilettes. Elle s'est cachée sans course effrénée au plus près de la trêve. C'est-à-dire contre une porte qui peut lui venir en aide. Le proviseur n'est pas sorti de son bureau. La police non plus. On a su après que les policiers étaient venus pour autre chose, une histoire d'alarme. River est retournée en cours. Alanka l'a trucidée du regard, genre « t'as parlé, tu vas voir », mais elle lui a adressé un grand sourire, bougeant ses cheveux comme je le fais, d'un revers de tête, sans les mains, et claquant des talons comme la pire des pestes de série télé pour ados. Son cœur battait vraiment vite, elle n'a pas réussi cette prouesse sans effort. Je sais que c'était difficile pour elle mais je l'ai soutenue, elle l'a senti, et elle a respiré. Je crois même qu'elle a souri. Alanka l'a montrée du doigt, pour dire « toi, je te préviens ». Elle a encore souri, avec sérénité et aplomb. Elle n'a laissé paraître ni candeur ni ironie. Elle a souri, l'air de dire: « Mon pauvre vieux, t'en fais pas, ça va aller. » Certaine de sentir ses quinze ans arriver – quand déjà? elle n'y pense plus, la peur qui la hante lui a fait oublier son anniversaire –, elle a décidé que quelque chose devait changer. Pas elle forcément, mais quelque chose. Peut-être le regard des autres sur elle.

Au dîner, River a peu parlé aux parents. Elle a juste raconté la journée d'étude, les camarades de moins en moins remontés contre elle, le fait qu'elle ne s'étouffe plus jamais à la cantine. Elle a raconté qu'Olga lui avait reparlé. Même si c'est faux. Pour rassurer tout le monde. Ça n'a rassuré personne parce que papa a répondu que celle-là pouvait aller se rhabiller. Une expression qui, d'ordinaire, fait rire River, mais pas cette fois. Elle a écouté attentivement quand maman a évoqué son anniversaire. « Qu'est-ce que tu voudrais pour ton anniversaire? » Elle n'a pas répondu parce qu'elle a écouté le sifflement dans la rue. Maman l'a commenté d'ailleurs, en disant: « L'été est bien là! Vous entendez l'amoureux éconduit sous un balcon? Moi, quand j'étais jeune... » Et maman a raconté l'histoire de son copain qui la sifflait le soir pour qu'elle se pointe à la fenêtre et l'embrasse avec les yeux puisqu'elle n'avait jamais le droit de descendre le retrouver. Connaissant l'histoire, papa l'a même détaillée: maman se précipitait sur sa fenêtre, et ouvrait au copain. Ils se regardaient et parlaient avec les mains. Une fois, le copain a apporté un magnétophone pour mettre de la musique mais grand-père Invisible (à l'époque, le père de maman n'était pas encore parti avec son amour de jeunesse, nous laissant tous en plan à commencer par grand-mère Hugues), de la chambre d'à côté, lui a fait savoir que ses goûts musicaux n'allaient pas coller avec ceux de la maison. Il lui a indiqué le bout de la rue avec le doigt. C'était l'endroit où le copain était censé filer. Maman, de sa fenêtre, n'a pas vu grand-père Invisible se boucher les oreilles en fronçant les sourcils et faire le pitre pour que l'autre s'en aille. Elle n'a donc pas compris la fuite de son copain. Le lendemain, furieuse qu'il soit parti sans explication, elle ne lui a pas parlé, alors il l'a forcée à l'écouter et il a pu lui raconter que son père l'avait chassé. Il s'en est suivi une dispute entre maman et son père, etc. Mais River n'écoutait plus rien. Elle recevait les coups de sifflet d'Alanka comme des menaces, des injonctions, des coups de poignard. Chaque coup de sifflet comme une banderille, mais on aurait dit que l'affreux toréador s'était donné le droit de gracier son taureau blessé. Donc jamais de fin aux blessures, aux douleurs. Non sans effort, River a fait semblant d'écouter le récit de papa et maman, afin qu'ils ne soupçonnent rien. Et au moins, tandis qu'ils racontaient, ils n'allaient pas à la fenêtre regarder qui sifflait. Car que se serait-il passé s'ils avaient surpris Alanka en bas ?

Cette nuit, j'ai eu une espèce de malaise. C'était comme mourir en restant, ou rester en mourant. Entre fantôme et revenante. River a été obligée d'appeler les parents parce que je me sentais vraiment partir. Je me tenais au drap pour rester, mais le drap se détachait avec moi. Je ne m'évanouissais pas mais je glissais avec l'impression de partir ailleurs mais de ne jamais arriver nulle part. « Je me détache ! » j'ai crié. Quand grand-mère Pa entendra un verbe pareil, il est certain qu'elle le notera pour chercher des avis sur le sujet. La petite « se détache », ça vous parle ? Je remuais, je m'accrochais au lit, je voyais les visages aimés autour de moi mais un aimant plus fort que l'amour familial m'imposait de le suivre. J'ai beaucoup pleuré et j'ai parfois confondu mes pleurs avec les sifflets d'Alanka, alors j'ai pleuré plus fort pour protéger River et que les parents restent là, à essayer de comprendre ce que j'avais et pourquoi soudain je me plaignais du dos, moi qui ne me plains jamais. Ils m'ont demandé si j'avais porté quelque chose de lourd, si j'avais fait des efforts plus importants en gymnastique, et maman a évoqué la grippe mais personne n'a pensé à soulever mon pyjama pour regarder la peau de mon dos. Couverte d'entailles. Sauf River qui m'a bercée en me donnant la main jusque tard dans la nuit. Ensuite, elle est allée vers son coin de chambre et a détruit ses piles de livres pour que l'espace ne nous sépare plus. Je gémissais encore alors elle a dit qu'elle était là. Elle faisait des piles avec ses livres, le long du mur, et pas en muraille autour d'elle. Elle a approché son matelas du mien, et elle s'est glissée sous les draps, son lit collé au mien contre la fenêtre. On s'est dit tout ce qu'on s'aimait, tout ce qu'on ressentait l'une pour l'autre. Je lui ai avoué qu'elle m'énervait beaucoup parfois, et elle m'a répondu que moi aussi. Je lui ai dit que je l'enviais en tout, le calme surtout, l'écoute, la stabilité, et elle m'a répondu qu'elle aimait mon feu, ma fougue, mon absence de calcul. Je lui ai dit que je rêvais d'avoir sa constance. Elle m'a répondu qu'elle donnerait tout pour mon humour, mon originalité. On a parlé de Tristan. Je lui ai promis que leur histoire d'amour allait durer longtemps. Elle m'a répondu que c'est avec moi qu'elle imaginait plutôt Tristan. Elle m'a demandé si je « me détachais » encore et j'ai dit non. Elle, elle m'a avoué qu'elle s'attachait de plus en plus à moi, que j'étais son secret, sa protection et sa lumière. J'étais en train de devenir sa force. À mon réveil, il n'y avait plus qu'un lit. Et je n'avais jamais eu de sœur. Une enveloppe posée sur la table de nuit, ouverte, avec un mot dedans, un mot d'amour signé Tristan. Et bien adressé à moi, moi, moi River.

. 20

Quand je dis « on » pour parler de moi, ça rend grand-mère Pa dubitative à mon sujet, pour ne pas dire insupportée. Adjectif qui ne se dit pas. Toi, tu es toi, tu es « je », m'ont enseigné mes nombreux thérapeutes. Tu existes. Et comme vient de le dire le proviseur, « c'est à toi, River, toi et personne d'autre, de me dire ce qui s'est passé dans les toilettes, et avec qui ». Encore une fois, il cherche à savoir. Encore une fois, il exige les détails de mon agression et je ne réponds pas. En plus, depuis qu'on ne fait qu'une, ma sœur et moi, je me sens tout à fait apte à me taire. Elle a disparu, mais pas de moi. Elle n'est plus la voisine de chambre, patiente, tolérante, opposée. Elle n'est plus le repli, la consolation, la compagnie magique et secrète. Elle n'est plus ce moi inversé, l'enfant parfait de mes parents, tandis que je suis le vilain petit canard raté. Elle me donne une force incroyable. Je peux mentir avec fluidité. On est devenues d'accord, je crois. Avant, je lui obéissais. Aujourd'hui, on parle d'une même voix. Et j'ai l'impression qu'enfin on m'entend. Je ne suis plus la face sombre et ratée d'une sœur lumineuse et réussie. Je suis double, comme tout le monde, même si chez moi ça se remarque davantage.

J'explique posément l'histoire de mon agression, une partie de l'histoire, une partie qui m'arrange pour qu'on ne me demande plus de m'expliquer sur l'autre jour. Mais je tais les noms. Je raconte qu'un garçon – je dis « Mathieu enfin je crois » – m'a fait peur dans les toilettes, et que la peur m'a fait pleurer un peu plus que de raison. Je dis que la peur, c'est de ma faute, comme une invention de mon esprit. « Mathieu m'a juste crié dessus. Pas fort. Pour rire. Pour faire semblant. » Mais le proviseur ne me croit pas. « Il n'y a pas de Mathieu ici, River. Tes parents m'ont dit qu'ils avaient fait bien pire. Je ne peux pas laisser arriver une chose pareille dans mon établissement, River, tu dois me dire de qui il s'agit, donne-moi leurs noms, s'il te plaît. » Alors je promets que ça ne se reproduira plus. C'est une situation qui ne vaut pas un drame. J'ai surjoué la peur, la douleur, je me suis laissé emporter, j'ai eu envie de me plaindre, mais au fond, ce n'était rien. Je promets, j'affirme.

Le proviseur ne semble pas avoir envie de m'écouter puisqu'il clôt l'entretien par « River, si un autre élève est embêté par ces garçons, ce sera de ta faute cette fois, parce que tu n'auras rien dit. Réfléchis encore. En attendant, retourne en cours, ma grande. »

M. Iratsoki a une façon plutôt souple d'être raide. Du coup, je le sens présent, même si balancer le voisin ne sera jamais mon truc. Le faire est une chose, mais supporter de l'avoir fait, ensuite, en est une autre. Elle n'est pas morale, ma réticence. Elle est craintive, encore ! Je sais que si je balance, les autres s'en souviendront. Il vaut mieux se débrouiller, affronter ou se venger. Avec ma sœur, désormais, on est d'accord. Hein, t'es d'accord ? Elle ne répond plus mais moi je solutionne. C'est moi maintenant qui trouve la clef. Comment me venger de l'Abruti et de ses trois Tyrans ? Déjà, Alanka me rattrape sous le préau. Il dit « River », « sourde ou quoi », « sifflement pognon », « fais gaffe ». Je me tourne vers lui et je lui réponds : « Je n'ai plus de tirelire, j'ai pas d'argent, j'ai personne à voler, donc je n'ai rien pour toi. Je ne t'ai pas balancé, ni les trois autres, donc tu me lâches. » Il y a des phrases qui sortent toutes seules, des mots plus forts que moi. Qui parle en moi ? Il y a une arme magique dont je détiens désormais la recette, c'est Proutsheur qui le dit. Les mots, c'est pas du vent. Pour Alanka, un peu. Il me répond : « Ça va pas bien, espèce de tordue, de me parler comme ça, t'en as pas pris assez ? »

Je reconnais que ça s'emballe dans mon cœur. « Tordue », si je ne m'abuse, n'est pas un qualificatif très gentil. Je vois bien que je ne suis pas devenue zen, relax et sûre de moi, en une nuit. Mais quoi de plus normal ? J'ai quand même à affronter le type qui s'est amusé à me taillader le dos avec un morceau de verre. Même si les entailles sont superficielles, elles ne sont pas le signe d'une blague ou d'une camaraderie.

En attendant de trouver la façon d'affronter, je recule, parce qu'Alanka bout. Jamais un endroit isolé, ni les toilettes ni les vestiaires, trouver refuge au plus près d'un adulte ayant autorité. Je sais comment me comporter en cas de danger Et j'ajoute à la liste : ne pas montrer ma peur. Donc je recule, mais dignement. Une fois partie, je me retourne vers lui. Une façon de toiser l'ennemi, tandis qu'il pointe une fois encore son doigt sur moi. M. Iratsoki passe près de lui à ce moment-là et il l'imite, pointant son doigt vers son front. « Je n'aime pas ce genre de gestes, Alanka, c'est à River que tu t'adresses ainsi ? Va plutôt te détendre plus loin et si je te revois adresser ce genre de signe à quelqu'un, tu seras immédiatement convoqué, c'est bien clair ? On voit ça ensemble ou je vois ça avec ton père ? » À la tête que fait Alanka, je me dis que M. Iratsoki a cerné son point faible. Papa ! Ha, ha, ha !

La cour n'est pas un territoire ennemi. Je ne cherche pas ma sœur du regard, sœur invisible cachée quelque part, sœur rêvée planquée derrière un pilier, sœur parfaite capable d'affronter pour moi les situations à risque, sœur fidèle, toujours prête à me sauver et coupable d'exister, si parfaite par rapport à moi. Ma sœur est ma force intérieure, ma réponse, mon moi complet. Avoir un secret de cette taille-là, c'est vivre plus fort que les autres. C'était donc ça la « vastitude » de mon esprit qui rendait papa fou de rage et maman si sûre de mon avenir ? Il fallait juste me laisser de temps de réunifier mes petits morceaux. Personne n'a fait de mal à ma sœur. Et je sais me défendre désormais. Maintenant que je suis une, ça va barder.

Aujourd'hui, dans la cour, on dresse des panneaux en vue du grand concours sportif de fin d'année. Les élèves vont pouvoir se mesurer les uns aux autres. Et si c'était ça que j'avais envie de faire pour mon anniversaire ? Pour la première fois de ma vie, ne pas rôder au plus près du mur ni tenter une cascade soudaine et mal préparée, juste participer, comme d'autres élèves, à un concours que je peux gagner ? Je vais m'inscrire au basket, je suis capable. Si je compte les paniers que j'ai mis, seule, toujours seule, pendant que ma sœur dansait sur scène ou réussissait des concours d'équitation… Moi, seule dans la cour de l'immeuble, je mettais des paniers, à l'abri des autres. Pendant que mes parents, si fiers de celle que je n'étais pas, se forçaient à me regarder quand même avec amour, je restreignais mes ardeurs sportives. J'étais la maladroite, je remplissais mon rôle.

Je me suis inscrite au basket. En notant mon nom, je n'ai pas cherché à lire s'il y avait des prénoms qui font peur. Tom ? Thib ? Tanguy ? Comme prénom en T, je n'en ai vu qu'un : Tristan. « Tu as lu mon mot ? » m'a-t-il demandé en s'approchant doucement. Depuis plusieurs semaines, il tourne pas loin. J'ai cru qu'il se moquait de moi ou qu'il s'apprêtait à le faire, alors je l'ai casé avec ma sœur. Un méchant de plus, je n'aurais pas pu. Son mot, longtemps, je n'ai pas osé l'ouvrir. À cause des mots couteaux qu'il aurait pu cacher dedans. Quand je l'ai lu, ce matin, j'ai senti que j'étais contente. J'ai compris le message. « River, je te trouve super. On ne se parle jamais vraiment mais moi j'aimerais bien te connaître. Si ça te dit qu'on aille faire du vélo un jour, ou un ciné, ou se balader quelque part, moi je suis partant. Je fais aussi de l'aviron, je peux te montrer si tu veux. Au fait, tu n'es pas que super. Tu es aussi super belle. Tristan, 2de 4. »

. 21

Le brevet s'est bien passé. Je ne sais pas si c'est ma sœur qui a répondu aux questions à ma place ou elle qui avait révisé pour moi, mais nous avons formé une équipe de bon niveau. Mon savoir allié à son assurance? Peut-être l'inverse, je ne sais pas. Quoi qu'il en soit, il me semble avoir réussi les épreuves. Papa et maman sont inquiets pour le grand concours sportif d'aujourd'hui. Ils trouvent que je montre trop d'entrain à l'idée d'y aller. «Il y a un truc qui cloche» a analysé papa. «Elle y était ce matin, elle a *fait son basket,* ça va, là!» Maman essaye de l'apaiser, elle trouve bon signe que je réclame d'y retourner. Elle l'affirme mais elle n'en pense pas un mot. Elle qui m'a toujours vue éviter les activités de groupe juge étrange que je veuille à ce point sortir regarder ceux qui font la course, surtout après ce qui s'est passé aux toilettes. À ce sujet,

Mme Proutsheur a observé qu'il était légitime que mes parents veuillent des précisions sur le drame mais qu'il était tout aussi légitime que je souhaite me taire. « On est bien avancés », a dit papa.

« Mais pourquoi tiens-tu tant à regarder cette course ? Toi, tu t'es inscrite au basket, non ? » Oui, et l'épreuve est passée. J'ai mis plein de paniers, même si je n'ai pas gagné. Cependant, la journée n'est pas terminée pour autant… J'ai dit que je n'irais pas à la soirée post-brevet – ça, on ne se refait pas – mais je veux profiter de mon dernier jour de collège.

« Profiter de ton dernier jour de collège ? Profiter de la journée des sports ? » a répété grand-mère Hugues, complètement scotchée elle aussi. « Qu'est-ce que t'as, River ? Il y a un problème ? Qu'est-ce qui t'arrive ? Quelqu'un te force à y aller ? » Un sifflement en bas de la maison nous interrompt. Moi, pas eux. Eux peuvent encore confondre les sifflements d'Abruti avec les sifflements d'oiseaux. Ils ne savent pas ce que veut Alanka. Ils ignorent à quel point il est tenace. Je n'ai pas son argent – maintenant il exige cent euros. Je ne compte pas les voler, je peux peut-être lui envoyer des billets de Monopoly, ou lui balancer un seau d'eau froide par la fenêtre ? Je fais la maligne, j'essaye de recevoir un conseil de ma sœur mais elle doit dormir encore. Il semblerait que ce soit à moi d'agir. À moi seule. Je vais dans ma chambre, la fenêtre est restée ouverte, alors je la ferme, bien ostensiblement. L'Abruti crie « River ! » un seul River prononcé avec rage. Mais la fenêtre est fermée maintenant, et j'entends moins. Je pense à la course sur le sentier du fleuve. Je pense à Tristan en me demandant si c'est vraiment bien pour mes nerfs que son prénom commence lui aussi par un *T*. Après, je profite de la lumière de ma chambre. Je regarde les livres, en pile contre les murs. Ils ne plongent plus le fond de la pièce dans le noir. J'entends quand même un sifflement enragé, et puis j'entends Mme Stocklin, d'abord au téléphone avec maman qui lui répond « Non, je vous certifie que ces sifflements ne sont pas adressés à River, River n'a jamais d'amis qui viennent la chercher pour sortir. Je vous rappelle que River n'a pas d'amis ! » puis dans la rue, qui crie : « Dis donc malpoli, grossier personnage, vilain garçon, rentre chez toi au lieu de nous siffler sous les fenêtres, tu nous déranges ! »

La Drole porte mal son nom puisque ce fleuve qui coule chez nous est traversé par des courants très dangereux. Même par beau temps, celui qui tombe à l'eau a peu de chances de s'en sortir. En effet, l'eau peut – à tout moment, même si elle semble calme en surface – attirer le baigneur, par ses courants verticaux, vers les profondeurs. Tristan est sur la berge, avec d'autres coureurs. River le voit mais lui ne l'a pas encore remarquée. Il est concentré. Le top départ sera bientôt donné. Tout autour, des collégiens profitent des bords de la Drole, joyeux, nombreux. Je dois réussir à les rejoindre, donc à descendre sous le pont, sans croiser mes ennemis qui sont hélas debout juste là, en haut de l'escalier qui mène aux berges. Je suis coincée de l'autre côté du pont. Il y a plein de monde donc je me sens à l'abri. Ici, ils ne pourront pas me faire de mal, mais mon idée n'est pas, en venant jusque-là, de me priver du spectacle de la course et de rester cachée de l'autre côté du pont. « Tristan t'attend ! » me signale ma petite voix préférée. Elle s'amuse : « J'ai fait toute l'approche amoureuse, je te rappelle. Toi, tu as rêvé ce voyage à Barcelone, tu as prié pour que ta classe de troisième accompagne sa classe de seconde, mais moi, pendant que tu croisais les doigts, j'y étais, avec lui, et je lui parlais de toi ! Alors vas-y ! Il t'attend ! »

Que peut-il m'arriver ? Une moquerie ? Un sifflement agressif ? Une menace ? Un « River, je te préviens » ? Mme Paci est tout près. D'autres élèves sont là aussi. Je ne pense pas qu'ils me défendraient, mais Alanka et les trois T ne vont pas me jeter à l'eau devant toute cette foule. J'avance, ma sœur en moi, qui dit « Vas-y River, ne te préoccupe pas d'eux, c'est bien, tu es forte. »

Quand mes parents l'ont perdue, je n'étais pas née. Elle est morte une nuit, en dormant. Ce que je sais de la suite, c'est maman qui l'a un peu raconté, chez Mme Proutsheur, ou grand-mère Hugues, qui répond toujours à mes questions. Mes parents se sont effondrés. Et puis très vite, maman est tombée enceinte de moi. Je suis née pile un an après la mort de ma sœur. Elle s'appelait Stella, comme «étoile». Grand-mère Hugues m'a dit que dans les rivières les étoiles se reflétaient. River, c'est une idée de papa, et maman n'a pas hésité à être d'accord avec lui. Ils ont choisi d'avancer, même si papa a toujours eu quelques mètres de retard et toujours besoin de drames pour apprendre à m'aimer. Avec ma sœur, j'ai toujours discuté. Je devais avoir quatre ans quand j'ai compris qu'elle avait existé avant moi. C'est ce jour-là que je lui ai donné la fenêtre de notre chambre, la lumière, et que je me suis recroquevillée de l'autre côté pour la laisser briller encore. Je n'ai jamais supporté de l'avoir éteinte en naissant. Après, on est devenues vraiment proches, jusqu'à ce qu'Alanka promette de lui faire du mal. J'ai pensé que c'était trop facile de ma part de la placer sans cesse en bouclier entre le monde et moi. J'ai pensé qu'elle devait vivre en moi, mais pas en protection.

En marchant vers l'escalier de la berge, je ne me sens pas dégingandée, je n'ai pas laissé une part de cerveau, de muscles ou de grâce à quelqu'un d'autre. Je suis moi à cent pour cent, avec la force de ma grande sœur qui s'est associée à la mienne, alors je mets de côté la peur et la maladresse. J'ai le droit de vivre, c'est elle qui me le donne, elle me donne même le droit de profiter pour deux et je crois que je viens d'entendre le message. Tristan lève les yeux vers moi. Il m'adresse un signe de la main, puis il déploie son bras, plus large, plus grand. Il me fait signe de descendre, tout en se mettant sur la ligne de départ. La course va bientôt commencer. Tristan, tout en écoutant les consignes, ne me quitte pas des yeux. J'ai ceux de ma sœur à l'intérieur, ceux de Tristan, pleins de tendresse et d'impatience, qui veulent me voir descendre, maintenant. Je traverse le pont. Alanka me voit. Les trois T se campent bien au milieu, sur ordre d'Alanka qui vient de dire : « La v'là ! » Ils se mettent en ligne, en brochette oui ! « Chaîne humaine ! » Je veux les contourner par la droite mais ils se décalent. Je veux les contourner par la gauche mais ils se décalent encore. Je tente de forcer le passage entre le pont et Thib mais Alanka fait le tour de la brochette, leste comme un chat. Il est devant moi, toutes griffes dehors : « T'as le blé ? » Je ne lui réponds pas. Je force le passage, tête en avant comme un taureau et je dis :

– Pardon, je passe là.

– Non, tu passes pas, me répond Alanka, faisant rigoler les trois autres.

Je jette un œil vers Tristan qui guette le signal de départ. Il n'a plus l'occasion de me regarder alors il ne me voit pas quand je saute à l'eau pour sauver Alanka.

Alanka, plutôt souple, a sauté sur la rambarde tandis que les trois autres resserraient leur barrage pour m'empêcher de passer. « Passe par là ! » a ricané Alanka, debout sur la rambarde. En bas, Mme Paci sifflait déjà vers lui pour qu'il redescende. Quelques coureurs ont cru qu'elle venait de siffler le départ de la course alors ils ont démarré, puis ils ont compris qu'un problème venait d'en haut. « Sur le pont ! » ont crié des élèves, regardant vers Alanka, les bras à l'horizontal, perché sur la rambarde, faisant le malin sur un pied. Tristan m'a vue, bloquée par les trois autres, et il a vu le doigt d'Alanka pointé sur moi, alors il a quitté la ligne de départ et piqué un sprint vers le haut de l'escalier. Mais c'est le moment où Alanka a perdu l'équilibre. La rambarde n'est pas si étroite, mais il a dû se sentir trop sûr de lui à un moment. C'est ce qu'ont dit les pompiers ensuite.

Alanka est tombé à l'eau. Un grand boum a précédé le flop. Puis le bruit s'est arrêté net. Plus de cri, plus de sifflet. Tout le monde s'est penché à la rambarde pour le voir s'en sortir mais il ne s'en sortait pas du tout. Il venait de heurter une roche avant d'entrer dans l'eau. Mme Paci a dénoué une bouée de secours, je suis montée sur la rambarde, et j'ai sauté. Alanka, à la verticale, n'arrivait pas à nager. Il agitait ses bras mais son visage glissait sous l'eau. Il est remonté plusieurs fois, buvant la tasse, s'essoufflant, poussant de légers cris engloutis par la Drole. J'ai nagé jusqu'à lui. Il avait les yeux beiges. Je l'ai maintenu hors de l'eau. Je l'ai ramené vers le bord. Sa tête contre mon buste. Je n'ai même pas pensé que ça me faisait bizarre. On m'a aidée à le hisser sur la rive. Il a craché de l'eau. Je n'ai pas eu envie qu'il me regarde alors j'ai reculé. Les pompiers sont arrivés. Ils se sont activés autour de lui et j'ai entendu « attention », « fractures multiples ». Ils ont glissé sous son corps une sorte de coque. Un deuxième camion est arrivé. Mme Paci me donnait la main. C'est elle qui n'arrivait pas à me lâcher. Moi, ça allait. Elle m'a soutenue jusqu'à eux mais je n'avais pas besoin de ce soutien. Je l'ai pris parce que j'ai senti que sinon elle allait s'écrouler. Ils ont pris ma tension, vérifié que j'allais bien. Ils m'ont conseillé de rester assise et de me reposer un peu. Ils m'ont enroulée dans une couverture mais je n'avais pas froid. M. Iratsoki est arrivé en courant. Il a demandé aux pompiers de m'emmener moi aussi mais je me suis levée et j'ai retiré ma couverture pour rassurer tout le monde. Tristan, debout à côté de moi, est resté muet. Si muet qu'à un moment, j'ai pensé : *J'ai mal fait?* Mais ma petite voix intérieure préférée m'a répondu : « Bien sûr que non. Il est choqué et intimidé ! »

Les trois T sont descendus du pont et traînent sur la berge à la recherche de leur chef. Ils veulent approcher la civière mais les pompiers se pressent de la hisser dans le camion. Quand la sirène retentit et que le camion rouge démarre, ils ne regardent pas vers moi. Mais d'autres, oui. Comme Olga, mon amie d'avant, qui me fait pouce avec le doigt. « Pour info, ça veut dire bravo », commente ma petite voix intérieure préférée. J'aimerais mieux une amie à un bravo mais c'est déjà ça. Tristan s'anime un peu. J'imagine qu'il a lui aussi une petite voix intérieure qui lui suggère de me dire quelque chose. Il peut s'inspirer du groupe qui s'avance vers nous. « T'as été classe, River », « tu plonges vachement bien », « tu n'as pas hésité une seconde », « je ne sais pas si à ta place... », « tu t'es mise en danger, les courants sont forts, tu sais », « t'es héroïque ». Bon, là, j'ai envie de rigoler mais je me retiens. M. Iratsoki approche.

« River, on vient de me raconter ce que tu as fait pour Alanka. Tu as pris des risques, et les pompiers disent que, sans ton intervention rapide, il serait peut-être mort. » Il parle de sauvetage, d'héroïsme. Ce ne serait pas un peu trop ? On m'a toujours interdit de sauter n'importe où. Tant mieux si j'ai été utile. Ensuite, il évoque Alanka, ce « camarade qui n'a pas la chance de savoir nager ». Les autres l'ont découvert aujourd'hui. Aïe ! Il va sûrement m'en vouloir ! Mme Paci demande si on reprend la compétition ou pas. M. Iratsoki réfléchit et propose que je lance le coup d'envoi. Je siffle le départ de la course, les oreilles pleines de la phrase que Tristan vient d'oser me lâcher : « River, je vais la gagner pour toi. »

. 22

Il paraît qu'aujourd'hui j'ai quinze ans. C'est l'été. Mes parents ont décidé à ma place du programme de mon anniversaire. C'est ce que je voulais. J'adore les surprises. Surtout quand elles n'en sont pas. Ce sera chez nous. Parce qu'ils ignorent que je suis devenue sortable. Chez nous, avec tout le monde. C'est-à-dire tout mon monde. Grand-mère Hugues. Grand-mère Pa. Papa, maman, et des cadeaux. Un gros et des petits, et des moyens, et encore des gros, parce que maman ne peut pas s'empêcher de me gâter. Elle en achète toute l'année. Elle me les donne souvent avant la date. Elle ne cherche pas quelque chose de précis mais ça lui tombe dessus. Mes cadeaux me plairont. C'est certain. Un téléphone? Depuis des années, je me débrouille très bien avec un faux téléphone au fond de ma poche. Il était à papa, il me l'a donné pour jouer quand il a cessé de s'allumer. Ça me suffit de faire semblant. Je n'ai pas besoin de l'iPhone 12 pour appeler ma sœur de toute façon. Est-ce que je vais avoir une guitare? Pas la peine... J'ai déjà le plus beau des cadeaux sous les yeux. C'est papa qui est fier de moi. Il le porte sur son sourire. Parce que j'ai failli me noyer, parce que j'ai été parfaite, comme l'aurait été ma sœur. Et parce que M. Iratsoki l'a appelé pour lui dire avec quel aplomb j'ai sauvé Alanka. Depuis, il paraît que papa le raconte encore et encore. On dirait que c'est la première fois que je le vois desserrer les dents pour de vrai.

Ivre de son récit, le revoilà imitant M. Iratsoki: « River a sauvé un garçon de sa classe, garçon qui, au demeurant, n'a jamais été des plus gentils avec elle. Sans m'avancer, puisque votre fille n'est pas du genre à rapporter ou à se faire plaindre, j'ai soupçonné ce garçon de nombreuses fois de ne pas être correct avec les autres élèves, mais faute de preuve, c'est toujours pareil... Le fait est que River a sauté, sans réfléchir, et... Pas sans réfléchir, s'est-il repris. River a sauté, comme l'aurait fait un adulte voyant son enfant se noyer... » Et là, papa a imité M. Iratsoki en rigolant parce qu'il ne pouvait plus l'interrompre. Fermement, il paraît que papa a fini par lui clouer le bec en disant « Je ne suis pas étonné, vous savez, River a toujours été comme ça, généreuse, impulsive et directe. »

Il y a quelque chose que mes parents ne savent pas. Au lieu de rentrer chez moi directement après la course, je suis allée voir Alanka. Passer deux mois d'été sans savoir si le calvaire allait reprendre à la rentrée me semblait trop difficile. J'ai demandé à Tristan de venir avec moi jusqu'à l'hôpital et de m'attendre en bas.

Les infirmières m'ont donné son numéro de chambre sans me demander qui j'étais. Quand je suis entrée, il avait les yeux fermés. Sa mère, le visage froissé comme celui de maman quand je crie trop la nuit, m'a tendu les deux mains en me disant : « C'est toi, River, c'est ça ? Merci, ma grande, merci ! » Au son de la voix de sa mère, Alanka a entrouvert les yeux. Il a essayé de regarder vers la fenêtre mais une minerve lui maintenait la nuque, alors il a bien été obligé de regarder vers moi quand je me suis penchée au-dessus de lui. Il avait les deux jambes plâtrées et un bras immobilisé jusqu'à l'épaule. Sa mère lui a parlé comme à un bébé : « Regarde qui vient te voir, mon chéri… C'est River, River qui t'a sauvé de la noyade… » Et puis elle m'a tendu une chaise pour que je m'assoie près de lui mais j'ai décliné poliment. Faut peut-être pas exagérer.

Sa mère a recommencé à parler. Elle m'a dit qu'Alanka avait toujours eu une peur panique de l'eau, qu'il hurlait déjà dans le bain quand il était petit et qu'apprendre à nager n'avait jamais été possible. Il disait « Pas le môsieur ! Pas le môsieur ! » dès qu'il apercevait le maître-nageur… J'ai hésité à exploser de rire. J'ai juste dit « L'essentiel, quand on ne sait pas nager, et même quand on sait d'ailleurs, c'est de ne jamais sauter au-dessus d'un rocher… »

Sa mère a soupiré, elle s'est plainte du côté tête brûlée d'Alanka, si imprévisible parfois mais incapable de s'endormir sans un gros câlin de sa maman, un câlin « nous-deux » comme il dit. « Mon petit garçon, a-t-elle encore soupiré, lui passant une main sur le front. Dis merci à River, mon grand », a-t-elle murmuré. Mais j'étais déjà repartie.

En bas, Tristan m'attendait comme promis. Il m'a raccompagnée chez moi en me parlant d'autres héros, avant moi. Il a dit « vous, les héros » et j'ai senti un ravissement me gagner, un de ceux dont parle grand-mère Hugues et même parfois grand-mère Pa quand elles évoquent un moment merveilleux de leur vie qu'elles partagent et qui est, contre toute attente, le jour de ma naissance. Mes parents, alertés de mon fait d'armes par M. Iratsoki, m'attendaient donc à la fenêtre et ont crié ensemble « River ! » quand je suis arrivée. Maman a commencé à applaudir mais papa lui a retenu une main. Je crois qu'il a compris avant elle que je rentrais avec « un ami ». Un vrai. À moi.

Cet ami m'emmène me promener après le dîner. On descend près de l'eau. La Drole est calme. Elle n'a jamais été si plate. Aucune vague. Un fleuve paisible comme une rivière. Rien que la clarté des étoiles qui se reflètent dedans. Et deux ombres amies, peut-être trois si on a les yeux pour bien voir, qui dansent autour, solides, définitives, comme les syllabes d'un même mot, les respirations d'un même cœur.

Scripto

Vous aimerez peut-être aussi...

de Marion Muller-Colard

Bouche cousue

de Marion Muller-Colard

Dans la famille d'Amandana, la propreté irréprochable n'est pas qu'un métier. C'est un mode de vie. Rien qui dépasse. Dans le Lavomatique tenu par ses parents, le bruit des machines couvre celui des élans du cœur et du corps. Mais comment faire taire son attirance pour une de ses camarades de lycée ?

Un roman intimiste d'une grande finesse psychologique, magnifiquement écrit, plein de pudeur et d'émotion.

« Marion Muller-Colard parvient à traduire la lourdeur des silences et la violence des non-dits. Un récit intime intense et réussi » LIRE

It
de Catherine Grive

« Au collège, on m'appelle "it" et le genre neutre du pronom anglais me va bien.
Ce qui ne me va pas, c'est mon corps de fille sous la douche, dans le miroir... Car je sais que je suis un garçon. »

Quand une jeune fille de quatorze ans trouve le courage et les mots pour dire à sa famille qu'elle se sent mal dans son genre.
Une histoire pleine de fraîcheur qui mêle humour et sincérité pour aborder la question essentielle de la transidentité.

« *It* se pose comme un roman adolescent fort, qui résonne au coeur, qui affranchit les barrières de l'identité, les brouille pour mieux faire surgir les contours fluctuants d'un être en devenir... et de tous ses possibles ». PAGE des libraires

ON LIT
PLUS
FORT.
COM
L'ACTUALITÉ DES ROMANS
GALLIMARD JEUNESSE

Loi n° 49-956 du 16 juillet 1949
sur les publications destinées à la jeunesse

Illustration de couverture : Emmanuel Polanco
Mise en page : Françoise Pham

ISBN : 978-2-07-512836-0
N° d'édition : 351566
Dépôt légal : septembre 2019
Imprimé en Italie par L.E.G.O. Spa - Lavis (TN)